Né en 1947 en Guinée, Tierno Monénembo s'est exilé en 1969 au Sénégal puis en Côte d'Ivoire avant de gagner la France, en 1973, pour poursuivre ses études. Après avoir présenté sa thèse de doctorat de biochimie à Lyon, il est nommé docteur ès sciences. Il est l'auteur de plusieurs romans – parmi lesquels *Les Écailles du ciel* (1986), *Cinéma* (1997), *Peuls* (2004) et *Le Roi de Kahel* (2008 – prix Renaudot) – et d'une pièce de théâtre : *La Tribu des gonzesses* (2006).

DU MÊME AUTEUR

Les Écailles du ciel
Grand Prix de l'Afrique noire
Mention spéciale de la fondation L. S. Senghor
Seuil, 1986
et « Points », nº P343

Un rêve utile
Seuil, 1991

Un attiéké pour Elgass
Seuil, 1993

Pelourinho
Seuil, 1995

Cinéma
Seuil, 1997

L'Aîné des orphelins
Seuil, 2000
et « Points », nº P1312

Peuls
Seuil, 2004
et « Points », nº P2212

La Tribu des gonzesses
Théâtre
Cauris-Acoria, 2006

Le Roi de Kahel
prix Renaudot
Seuil, 2008
et « Points », nº P2204

Tierno Monénembo

LES CRAPAUDS-BROUSSE

ROMAN

Éditions du Seuil

ISBN 978-2-7578-1669-1
(ISBN 2-02-005086-2, 1re édition)

À la mémoire de Caro,
l'enfant tourmenté que fut mon père.
À Néné Mbo, ma grand-mère chérie.
À la Guinée, la petite terre
qui m'a donné le jour… et la nuit.

Les lieux et les personnages de ce roman
ne devraient exister
que dans ma seule imagination

Tu es hideusement hybride
Bougrement amorphe
Tu n’as ni pied, ni aile
Tu marmonnes sans cesse
Des versets que l’on n’entend pas
À la mare
À l’étang
À la plaine inondée
Sale crapaud, rejoins ta boue !

Chapitre 1

Qu'importe ! Si en un clin d'œil un orage couvre la ville, ployant les arbres sous son souffle, les arrachant bien souvent, emportant des toits, sapant des murs. Qu'importe ! Si des pluies diluviennes inondent les maisons, recouvrent les rues ; ces rues où se dandinent les bonnes *mammies* revenant du marché, portant sur la tête des fardeaux de mules ; si le vent s'engouffre dans les pagnes des *mammies* et découvre leurs cuisses bouffies, parsemées de zébrures excitantes.

Qu'importe si ce sont les brûlures poignantes du soleil qui donnent leur part de douleur à cette ville de tous les maux !

Lui, est à l'abri.

Les murs – qui sait qui les a faits si épais, et pourquoi ? – malgré leur propreté douteuse, leur surface rugueuse et rebutante, lui communiquent une sensation solide de sécurité. Reste que la franche transparence des vitres – celles-ci ne lui cachent rien des scènes du dehors – affaiblit, heurte cette sensation qu'il a…

Dehors, en effet, la misère règne, reine impitoyable. Elle s'étale, elle est un vivier marécageux où baigne une foule grouilleuse de petites gens proposant deux articles sur un étalage, ramenant quelques poissons du port de pêche, allant et venant à molle allure, floc-flac, dans la gadoue, ou tout simplement dormant sur le trottoir, sous un manguier, offrant la bave gluante de leurs gueules à des nuées de mouches grasses.

Aujourd'hui, la voit-il, cette misère ? Aujourd'hui qu'il compulse un dossier, rédige un rapport…

Dire qu'il peut parier trois montagnes d'or fin contre un pou : tous ses rapports rejoindront les autres, la grosse pile de papiers froissés qui bourre son armoire et empêche la porte de fermer. Mais des scrupules superflus, une gêne mal placée, sa perpétuelle crainte de l'impossible… Sinon, il se serait épargné cet inutile gribouillage. Voilà des années que le Ministre commande des rapports qu'il ne réclame jamais !

Les premiers jours, Diouldé s'était acharné au travail, avec un enthousiasme de gamin qui a peur de ne pas bien faire et qui voudrait se faire remarquer. Très vite, cependant, la négligence du patron, l'insouciance des collègues et l'abandon général ont eu raison de son enthousiasme. Le cadre honnête, capable et rompu au boulot, est mort. Sa volonté est devenue comme flasque, sa conscience a commencé à sonner le creux et, surtout, une insupportable manie s'est emparée de lui : *se forger une personnalité*. Une manie qui affecte maintenant la moindre de ses attitudes. Sa voix s'est tellement assourdie qu'elle a fini par se nouer, et il faut que sa secrétaire se dresse sur la pointe des pieds, s'étire le cou à n'en plus finir et ouvre les oreilles à la dimension du monde pour entendre son « bous boudrez bien me dermer la borde ». Il prononce ces mots avec une autorité qui décidément n'a rien d'autoritaire.

Et sa démarche ? Il y concentre toute son énergie : de façon si affirmée que ce n'est ni une démarche d'aristocrate ni celle d'un général victorieux ou d'un chef plein de prestige, mais bel et bien une démarche de pantin.

Le côté vestimentaire, en revanche, a peu changé : un ensemble en Tergal fait d'un pantalon large, difforme, toujours trop court, et d'un veston tout aussi large quoique étriqué au niveau des épaules ; ou alors un *grand-boubou*, brodé sur la poche d'un fil qui tournicote sur toute la largeur de ladite poche, laissant sur son passage un zigzag coloré que l'on peut à loisir prendre pour une œuvre d'art ou une empreinte d'araignée. Sous le grand-boubou, une joyeuse tunique brodée au col et aux manches. Mais, en grand boubou ou en veston, l'élégance lui manque. La qualité du Tergal ne lui confère aucun air distingué. La somptuosité du grand-boubou et le brillant des couleurs ne lui assurent nulle prestance. Rien n'arrive à compenser sa petite taille, son corps tout ramassé où les appendices sont menus à proportion.

Vraiment une poitrine de moineau ! Des épaules peu fournies, de petits bras arqués recouverts d'une peau molle et grasse. Les jambes, des jambes de bancal, de vieilles jambes, mais qui semblent tenir bon, ce qui lui donne une fausse garde de sportif. Le visage est fin, presque agréable, si l'on oublie les nombreux points hérités d'une variole d'enfance. Une moustache, mince filet de duvet entretenu avec soin, mais qui n'impressionnerait pas même une mouche. Une poignée de chair, en somme, d'où jaillit une personnalité lamentable, anodine, et que mille atours recherchés ne couvrent que d'un snobisme franchement miséreux.

Comme s'il avait justement trouvé ce qui lui faisait défaut, Diouldé s'est affublé d'une pipe.

Il tire de grosses bouffées et lit avec un manque d'intérêt visible son rapport. La pipe siffle. De nombreux projectiles de cendre fusent et couvrent son papier, qu'il nettoie distraitement de la main. La pièce qui lui sert d'antichambre est le bureau de sa secrétaire. D'agaçants bruits de conversation en proviennent : toute cette végétation de secrétaires ! Elles aiment à se tenir là, à y tenir leurs palabres : quelque chose de pénible pour Diouldé ! Au début, il avait cru qu'elles le distrairaient. Il s'était mis à écouter, amusé, les ragots qu'elles colportaient sur ses collègues ou sur le ministre. Un jour, il comprit que c'était lui qui faisait les frais. On parlait de sa « démarche de canard » ; oui, sa « démarche de canard » ; de ses « tenues de rustre » – êeeeeh allâh – ses « tenues de rustre ». Il apprit de la même façon de quels odieux sobriquets elles le désignaient : « patron-fourmi », « patron-crabe », etc. Un autre jour, l'une d'elles raconta que Soriba, le collègue du dessus, s'était permis de lui faire des avances : « Il m'a dit : “Je voudrais t'emmener danser, tu sais que je t'aime” », fit une voix qui, pour imiter le malheureux garçon, s'était transformée en celle d'une femmelette asthmatique. Une autre secrétaire, peut-être était-ce la même, s'était ensuite enorgueillie de s'être promenée dans la « Merco » du ministre un après-midi.

Depuis lors, Diouldé avait cessé d'écouter et se contentait de deviner en ruminant sa rage. D'autant que lui aussi avait commis la même gaffe que Soriba : nouvellement arrivé au service, il avait fait des avances à sa secrétaire, elle avait esquivé le « coup » avec un air dédaigneux. C'est ensuite que Tiéba, son collègue de palier, lui avait expliqué que la nénette qui tapait ses pauvres écrits était la « précieuse proie de Monsieur le ministre ». Il avait vécu trois jours de sueurs froides, dormant d'anxiété et mangeant de frissons ; la terrible histoire qu'on lui avait racontée à son retour d'Europe, il ne voulait pas la vivre : un de ses amis, arrêté et exécuté lors du dernier complot, l'aurait été à cause d'une altercation qu'il avait eue avec un ministre justement à propos de pagne et de dessous. Il ne savait plus comment regarder sa secrétaire. Heureusement, celle-ci gardait un comportement de subordonnée insolemment formel mais pas du tout inquiétant. Diouldé s'en était tenu là, jouant le jeu comme s'il s'était agi d'une corde salutaire qu'une bonne âme lui aurait jetée au fond d'un puits. Parfois, il force un peu le jeu, se fait valoir avec lâcheté : il commande du café au moment le plus chaud des discours confidentiels des palabreuses ; le café servi, il remercie avec une fausse assurance, et sa secrétaire, du haut de sa forteresse, lance un cuisant regard sur ses doigts qui tremblent d'une émotion mal tassée.

Alors, Diouldé se concentre sur son rapport – il aime mieux lire ce papier dont personne ne voudra, que d'écouter ce qu'il sait –, tirant hargneusement sur sa pipe et souhaitant trouver un jour le moyen gratuit de « casser le caquet à ces poules »…

Mais il y a pire pour lui : ce sont les rires de ces dames ; leurs rires sont impossibles ! Il parvient à ne pas perdre le souffle à la vue de l'immense poutre de tissus de luxe qui leur sert de coiffure, à ne pas s'offusquer de leurs derrières rembourrés – paraît-il – de chiffons et de coussins, mais leurs rires, non, il ne s'y fera jamais. Les entend-il, qu'il sort, machinalement ; dehors, un vague bien-être l'envahit tout entier : la mer n'est pas loin ; des bouffées de brise arrivent de temps en temps, apaisent la lourde et humide chaleur qu'il fait. Puis il se sent délivré…

La cour où il se retrouve est assez large. De jolis parterres de fleurs l'ornent. Une immense allée bitumée la traverse, qui se ramifie en de nombreuses petites allées autour des parterres. L'immense bâtiment du ministère des Affaires étrangères se dresse au centre. L'architecture *sent le colon* à forte dose : la toiture en tuiles rouges ; les murs jadis blancs, maintenant de couleur isabelle foncé ; un immense escalier en forme de pyramide mène à une large véranda ; une façade à la solennité fate, avec un buste de bronze : quelque conquérant colonial, gardant même dans sa statue un œil de fierté – fierté, peut-être, d'avoir *civilisé* ces contrées…

C'est là que la Fonction publique l'a envoyé à son

retour de Hongrie. Là-bas, il avait passé avec un succès moyen un diplôme d'ingénieur-électricien. À l'époque, le technicien bouillonnait en lui. Une idée, une seule idée l'habitait alors : dès son retour, électrifier partout ; des fils conducteurs à la place des lianes, des poteaux à côté des arbres, des ampoules d'une luminosité unique, partout : dans les villes, dans les villages. Nourri de cet idéal timoré, il s'était présenté au service des mutations. Plusieurs fois, il avait dû revenir : le directeur n'était jamais à son bureau et, quand il y était, une filiforme secrétaire affublée d'une perruque verte lui disait : « Môssieur le dreectaire me charge de vous dire qu'il ne peut pas vous recevoir aujourd'hui. Il me charge de vous dire de revenir la semaine prochaine. » Bien sûr, avec toutes les excuses de « Môssieur le dreectaire ».

Enfin, il fut reçu :

– Qu'avez-vous déjà fait comme études ? lui demanda le directeur.

– Ingénieur-électricien.

– Bon. Bon. Et vous revenez d'où ?

– De Hongrie.

– Hô ! Héhéhéhé ! Ça tombe bien, quoi !

– Pourquoi ?

– Ben, mon vieux, parce que votre talisman, il est fort. Vous êtes tout couvert de chance. Eeeeh ! Fils de marabout, j'en suis sûr ; la sève ne ment jamais.

– Je vous comprends comme une hache comprend les prières d'un *imam*[1].

– Doucement. (Le directeur consulta un dossier et

1. Titre religieux.

roula des yeux en regardant Diouldé avec une curiosité dévorante.) Voilà : le ministère des Affaires étrangères nous demande un étudiant venant d'un pays de l'Est ; là-bas, là-bas, jeune homme, écoutez-moi bien, il y a un poste de directeur de la section Europe de l'Est. Alors hein ? Héhéhéhé ! Vous parlez hongrois, évidemment ?

– Et russe en plus, mais je ne vois pas…

– Alors parfait. Vous êtes tout indiqué. Il ne me reste qu'à leur téléphoner, et vous, qu'à signer un certain nombre de papiers.

– Mais, monsieur le directeur, rendez-vous compte, je ne suis pas diplomate. Je suis ingénieur ! Mieux vaut envoyer un boucher à ma place.

– Jeune homme ! Regardez-moi bien : moi, je suis un ancien commis-interprète. Eh oui ! Milité dans le parti, appris à prononcer un discours et hop ketketketket ! J'ai monté les marches. Pourtant, je me débrouille bien. Disons en tout cas que je ne fais pas pire que les autres. Et votre futur ministre ? La même chose jeune homme : commis. (Le directeur s'approcha et se fit intime.) La vie c'est ça *dèye fils* : il faut savoir se débrouiller ; ne pas jouer à la sainte âme. C'est bien beau d'être ingénieur, mais si tu veux gagner ta vie, prends, fils, prends. Ne gâte pas ta chance. La chance c'est comme la mort, fils : elle s'annonce une seule fois ; mais alors, une seule petite fois. Dire que moi j'ai une fourmi de garçon, un tout petit peu plus jeune que toi, fils ; s'il avait seulement accepté de faire son lycée, je l'aurais casé par tous les moyens, moi. Fils, reprends-toi pendant qu'il est temps. Dis-toi bien que l'idéal c'est comme une fleur : c'est beau, mais ça ne nourrit pas.

– Ce n'est pas une question d'idéal, c'est une question d'efficacité, je me sens aussi diplomate qu'un mur. Et puis le pays manque d'électriciens : il y a du travail…

– Fils, tu veux que je te dise : tout ce que tu peux faire dans l'électricité, c'est de réparer de vieilles machines… Allez, signe là, fils, la bénédiction te tient la main.

Voilà. C'est ainsi qu'il s'est retrouvé au ministère des Affaires étrangères : DIRECTEUR DU SERVICE EUROPE DE L'EST !

À vrai dire, le rôle qui est le sien n'est pas à la hauteur du titre qu'il porte. Il avait d'abord imaginé qu'il allait recevoir des personnalités, parcourir l'Europe de l'Est en long et en large, et se faire l'artisan d'une diplomatie nouveau genre.

En fait, son travail se limite pratiquement aux *rapports*. Le plus clair du temps, il se ronge les ongles, furète dans les bureaux comme un chien perdu. Il s'est même lassé, peu à peu, de faire des tours en ville (il en avait pris l'habitude pour échapper à cet enclos de fainéantise et d'ennui qu'est le ministère).

C'est vrai que la ville écœure par sa monotonie. Et une sorte de goulot d'étranglement, que la mer a forgé à coups de cisaillements par vagues successives, la coupe en deux : en deux parties dissymétriques, telles qu'on chercherait vainement un centre… Une sorte de bras de terre presque effilé, avec un rien comme poignet.

Quelques bâtiments officiels tendent tant bien que

mal de ternes étages vers les cieux. De luxueuses villas se cachent désespérément, enfouies dans des buissons de fleurs. Elles bordent la corniche et ceinturent la ville. Le reste, un fatras de bicoques. Paille sèche, branches d'arbres, briques d'argile, tôles rouillées se mêlent dans un bric-à-brac fou de murs tordus et de toits bas. Masures, chaumières, baraques croulantes s'enjambent, se chevauchent, s'embrassent, se tiennent comme pour se retenir, se tricotent en grappées de bidonvilles : un engrenage sans fin…

Les chemins font une gymnastique compliquée pour se frayer un passage, quelquefois au ras des murs : ces chemins, où jouent sans cesse des morveux pourchassant un minuscule ballon, sont souvent coupés d'amas de ferraille ou de monticules de bois.

Il y a une autoroute qui a fendu la ville et qui bientôt a été transformée en dépotoir par les gens des quartiers voisins. Quand il la prend, un réel sentiment de malaise saisit Diouldé. L'odeur d'abord, quelque chose entre une odeur de pet et une odeur de vieille plaie. Même quand il remonte les vitres, elle l'envahit ; le mouchoir de poche qu'il s'applique frénétiquement sur la bouche et sur les narines n'y change rien. Les enfants ensuite : ces maudits garnements, personne ne peut prévoir leurs réactions ; tandis qu'ils vous acclament aux cris de « vive le Monsieur ! », rien ne dit qu'en même temps une volée de cailloux ne vous brisera pas les vitres. L'autre jour, Diouldé y a perdu son pare-brise : trente mille francs de réparations !

Allez donc dans ce fourbi dénicher le coupable : tout ce petit monde rentrera dans sa tanière comme termites dans la termitière, et il ne restera dehors qu'un petit nombre de vieillards qui feindront de ne pas vous remarquer, qui tousseront louchement à votre passage…

Mais il a son chez-lui pour oublier les ennuis de l'existence : encore que sa villa fasse partie de celles qui se trouvent disséminées dans les bas quartiers, qui donc ne bordent pas la corniche. Il se révolte, parfois. Pourquoi donc n'est-il pas logé à l'instar des collègues ? Certes, le confort, il l'a, et sa maison est même agréable ; seulement, Diouldé voudrait être traité comme *tout le monde*. Une villa, une vraie grille, des fleurs comme il faut dans un jardin spacieux, un garage, un salon immense, une salle de bains, quatre pièces… Et puis, n'a-t-il pas Souley, ce domestique éduqué par Dieu-le-père, qui sait si bien ouvrir le portail et le garage, si bien jouer son rôle dans un scénario qu'ils n'ont jamais établi mais qui se déroule sans coup de gong ni clin d'œil ? Souley devine jusqu'aux intentions de Diouldé : il sait à quel moment son patron veut un verre, à quel moment il faut le fauteuil dans le jardin… Et chacun de ses petits discours rassemble louanges et mots compatissants :

– Hâaaaaaah Moussé, vos pneus sont encore tout rouges de boue. C'est ça, vous avez encore traîné… Le port de pêche, n'est-ce pas ? Épargnez-vous donc d'aller vous-même acheter du poisson. Ah, si vous entendiez les langues de vipère qui *tiennent la ville*. Mon patron, s'embourber dans ce sordide port de pêche à chercher du poisson !

Se laissant douillettement gagner par ces flagorneries, Diouldé adore répondre en prenant l'air altruiste de quelqu'un qui a déjà bien mieux fait pour le genre humain :

– Ce n'est rien, Souley, ce n'est rien. J'ai quelquefois du temps mort au boulot, il est tout à fait naturel que j'en profite pour flâner et, pourquoi pas, faire des courses, ce qui t'évite de courir la ville pour quelques bricoles.

– Courir la ville ! Vous n'êtes pas un patron, vous êtes un saint. Vous devriez passer votre temps à la mosquée à plaindre les gens et à leur *distribuer* votre cœur. Nous autres crétins qui n'avons jamais vu le dos du savoir, qui ignorons ce que lire veut dire – un animal peut-être ? –, si en plus nous n'avons pas du muscle à casser du bois, des jambes alertes pour courir la ville, que le diable des diables nous emporte. Ne vous mettez pas à donner des cornes au lièvre, Moussé. Il pourrait vous blesser. Pensez plutôt à vous : cette boue-là (il montre les pneus de la voiture) vous déshonore et risque de rouiller cette machine qui fait languir de jalousie bien des ratons que je connais. Mais j'ai oublié que, là-dessus, rien ne vous fera changer, je n'y perdrai pas mon temps. Il y a du linge propre dans l'armoire : la première étagère à gauche, juste au-dessus des draps de lit, vous n'aurez qu'à demander à *Madan*…

Madan, c'est Râhi, la femme de Diouldé, une jeune institutrice. Il y a aussi Mère – tout le monde appelle ainsi celle qui a mis Diouldé au monde –, une vieille paysanne meurtrie par les coups de son mari et éreintée par les travaux des champs, venue en ville pour profiter autant que pour se laisser émerveiller par la réussite de son *poussin* ; elle était encore incrédule devant tous ces *bienfaits de Dieu*, et c'est un peu apeurée qu'elle s'allongeait dans la cour sous les ombrelles de roses et se mettait à déterrer de vieux souvenirs où Diouldé prenait le gros de la place. Mère aimait décidément conter son fils : Diouldé était sa légende, une légende qu'elle relatait avec délectation comme si elle mâchonnait une noix de cola. Mais cela irritait Diouldé. Chaque fois que Mère disait son inévitable « Hoûhoum, quel éclair cette vie ! », la parole clef qu'elle disait pour annoncer sa ritournelle, il cherchait – toujours en vain – à l'arrêter.

– Je sens que vous allez encore parler de moi. Mère, pour l'amour de Dieu, arrêtez…

– Sacré taurion, tu finiras bien par me coudre la bouche ! Aie honte, enfin !

– Mère, si vous continuez, je m'en vais…

– Où, petit maudit ? Râhi, vous voyez ce qu'est votre mari ou ce qui en ressemble : il m'amène dans cette chaudière de ville et tous les prétextes lui sont bienvenus pour me fausser compagnie. Il me faisait la même chose quand il était enfant. Voici le fils qui déteste approcher sa mère et lui parler. Combien j'ai peiné pour t'arracher quelques mots, et voilà que j'en peine encore. Va-t'en donc, va flâner ! Tu me retrouveras à Bouroûrè. D'ailleurs, là-bas, j'ai à faire : le tarot à déterrer, le manioc à sécher, les

… traire. Ta *mère*[1] Diouma doit en avoir par-…ssus la tête de me remplacer au *lougan*[2] pendant que je me *hérisse* en ville. Et puis ton père, tu connais ton père, Diouldé : ce tonnerre-là risque de m'envoyer sa foudre si je ne me dépêche pas de rentrer.

– Mère, pour une fois que vous avez la chance de vous reposer, profitez-en, intercédait Râhi.

– Râhi, tu connais donc mal Mère, disait alors Diouldé. Elle a besoin de la fureur de père ; je crois qu'elle commence à avoir la nostalgie de sa hargne et de sa grogne.

– Que veux-tu, fils ? Sur cette terre, chacun a son propriétaire ; le mien c'est ton père. Et puis tu sais, Diouldé, il y a du travail qui m'attend à Bouroûrè.

– Travail ? Dites plutôt corvée. Depuis que je suis né, je ne vous ai pas vue à l'ombre. Vous n'avez fait que piocher, semer, récurer et servir. Et père n'a jamais été satisfait de vous. Je ne lui ai jamais entendu un mot gentil pour vous. Pas un fil, pas un grain pour vous. Tout pour ses successives jeunes épouses. *Hâaa Môdi*[3] *!*

– Ce que tu dis n'est peut-être pas faux, mais je sens que tu en veux à ton père, Diouldé.

– En vouloir ou ne pas en vouloir…

– *Fankou*[4] *!* Diouldé, s'il est vrai que je suis ta mère, celle qui t'a souffert neuf mois au creux des entrailles, je t'interdis de prendre ce ton quand tu

1. A plutôt ici le sens de marâtre.
2. Petit champ de légumes à proximité de la case.
3. Sorte de juron.
4. Silence.

parles de ton père. Ton père c'est ton père ! Tu n'as pas d'avis sur lui, même si aujourd'hui, grâce à Dieu, tu es pour ainsi dire arrivé à quelque chose. Ta grande maison, ta belle voiture, on dirait le paradis ; un don de Dieu, certes, mais aussi le prix de mon dévouement et de ma résignation. Les coups de ton père, que je n'ai jamais esquivés, les injures qui ne m'ont pas fait bouder, les privations qui ne m'ont pas révoltée te valent aujourd'hui ce que tu as, ce que tu es. Un seul mauvais geste, Diouldé, et tout va chambouler et te ravaler au rang de fils maudit.

– Mère, Dieu qui nous écoute sait que je n'ai de pitié que pour vous, mais il sait aussi que j'ai de la peine à voir ce que père fait. Quand j'étais enfant, n'a-t-il pas dit que je ne réussirais jamais puisque je suis le fils d'une impure ? Aujourd'hui, il me traite de maudit parce que, dit-il, je ne lui envoie pas assez d'argent. Et le peu que j'arrive à vous envoyer à vous qui n'avez ni vaches, ni terres, ni femmes, qui n'avez que moi, il s'empresse de vous en démunir. Non, Mère, je ne veux pas être mal élevé, mais que dire alors ?

– Te taire, fils ; te taire et laisser faire comme tu m'as vu faire moi-même. Le soleil est d'une chaleur torride le jour, mais qui n'empêche en rien la venue du crépuscule. Tout finit par passer, fils, tout.

– Vous l'avez dit, Mère, vous l'avez dit.

– Mieux vaut, fils, mieux vaut pour nous tous. Hoûhoun, quel éclair, cette vie…

– Oui, je vous concède tout, mais je vous en prie, ne recommencez pas…

– Oui, un vrai éclair. Je me souviens… Ce sont

tes petits bras qui me rappellent toujours… Ce crabe qui battait l'air de ses pinces et que les femmes âgées lavaient derrière la case. Lavaient ? Une goutte d'eau aurait suffi pour te noyer. Dans la cour, le griot chantait : "Un don du ciel ! À nous la miséricorde de Dieu ! Une fleur de plus sur l'arbre de la Bénédiction ! L'enfant est né. Que mille *tabalas*[1] rugissent, qu'autant de voix le clament. Le jour est grand qui nous l'amène ! L'enfant est né ! Un chœur, je dis ; qu'un chœur de prières grandisse pour s'élever jusqu'au ciel. Malheur sur le chemin de qui ne sait pas dire merci au propriétaire de nos humbles âmes. *Yettou Alla jarnâmo*[2] *!* Alfâ Bâkar, fils d'Oumarou Sow, lui-même fils de Siré Sow le guerrier aux deux bras, un pour écraser l'ennemi, l'autre pour nourrir l'ami de Dieu, l'homme à la parole juste et aux gestes généreux… Alfâ Bâkar, ta souche est pureté, et merveille est ta descendance. Regarde et remercie Dieu… Le pleur de vie du grand bébé, le sourire heureux de ta biche…"

« Moi, j'étais couchée dans le petit lit en terre, le corps tout ankylosé, l'âme hantée par l'angoisse : vivrais-tu ? ne vivrais-tu pas ? Ces questions suffisaient pour reléguer à un plan mille fois secondaire les fourmillements qui faisaient vibrer mon corps, la déchirure qui chauffait mes entrailles. Je n'eus de cesse à me tourmenter que quand je sus que grâce à Dieu tu avais vécu, que dis-je ? survécu, et que cette fois pour de bon j'avais un enfant, un vrai fils, tout

1. Tambours de solennité.
2. Salue Dieu et remercie-le !

en chair et en os, dont je sentais la flamme de vie me réchauffer le ventre. Je sortais d'un coma séculaire et je sentais tes pleurs, tes grimaces de singe pestiféré, la chaleur de braise de ton corps rondelet me ranimer. Jusqu'ici le regard de Dieu ne s'était pas ouvert sur moi ; mes enfants, tes deux aînés, étaient morts juste après leur naissance. Woûri, les réprimandes acerbes de ton père, le *venin* du voisinage, la déception allant à l'outrance ressentie par mes cousins qui restaient de ma famille, l'humiliation en un mot, je ne saurais te la décrire. Je me souviens des mots de ton père : "Je croyais avoir pris femme, voilà que c'est une pierre qui m'est tombée dessus. Une pierre, je te dis ! Tu entends ! Une pierre ! Pauvre chevrette, tu ne sais même pas ce que c'est. Une pierre ! Une masse rude à laquelle il manque le jus de la fécondité. *Lâ ilâha ilallâhou !* Qu'ai-je donc fait au Maître de ce monde ?"

« Me voilà alors courant le pays à la recherche d'un guérisseur, au guet d'un homme miraculeux pour me soulager de la lèpre. J'échangeai l'or qui me restait contrc des amulettes, et des flacons de *nassi*[1]. Mais, cette fois, je le tenais, mon enfant ; je te tenais si fort qu'un instant je m'affolai de t'avoir étranglé… Hoûhoun, un vrai éclair… Neuf mois, neuf mois durant je t'avais senti pousser. Tout mon être était tendu vers le moindre bruit de mon ventre. J'ai supporté tes grouillements, j'ai attendu plus longtemps qu'une mère doit attendre, et toi, petit coquin, déjà non content de venir à temps, tu avais

1. Sorte de potion magique.

choisi de venir au mois de carême. Vingt-neuf jours de crachats et de faim… Qu'est-ce que tu m'as torturée, petit diable…

Diouldé était né le vingt-neuvième jour du mois de ramadan, à la veille de la fête du même nom. La coutume voulait qu'un tel enfant, venu au monde à l'approche d'une fête, fût appelé Diouldé, c'est-à-dire « fête ». D'un autre côté, un enfant né après une fausse couche devait porter le nom de Woûri, ce qui veut dire « le survécu ». Sans compter que tout bon musulman se rompt à coller à son premier rejeton le nom sacro-saint du grand prophète. Autant de raisons qui feront prénommer Diouldé, Mamadou Woûri Diouldé, nom éloquent sans doute, mais irritant par sa longueur et aussi par l'absurdité de ces prénoms qui décidément n'étaient pas faits pour aller ensemble. Un clivage s'était tout de suite opéré entre le père et la mère. Le père appelait l'enfant Diouldé, prénom de pompes à l'honneur d'une radieuse moisson. La mère l'appelait Woûri, ultime soupir d'une âme en naufrage qui, enfin, tenait tête au-dessus de l'eau.

Chapitre 2

Au bord de la corniche, la mer chantonne, et la villa de Soriba s'orne de pompons de roses : c'est là qu'ils se réunissent chaque soir sans rendez-vous ni convocation, au pressant appel d'un rite né d'une condition commune. Là, il y a toujours Soriba, Tiéba et Diouldé. Kaliva, non plus, n'est jamais absent, Kaliva le professeur. Pas plus que Pêtê le médecin, Kerfala l'ingénieur agronome, ou Bôri l'économiste. Là, avec leurs dames.

C'est toujours Mâmata qui ouvre le bal : la grosse femme de Soriba adore les tumultueuses volte-face du rock, les souples ondulations de la samba, les vigoureux pas saccadés de la pachanga et, encore plus, les savantes contorsions d'un slow où, renonçant à sa dernière goutte de pudeur, elle se tord, se cabre et étreint avec fougue. Elle engloutit Diouldé entre son éternel grand-boubou (qui la grossit impitoyablement) et ses bras de gaillard. On dirait que son danseur va peu à peu disparaître. On ne voit plus qu'un corps de femme difforme qui avance et recule par ondées lentes et, bien des fois, pirouette. À côté du pas sûr et infatigable de Mâmata, il y a celui, gauche et peu décidé de Râhi. Les hommes voltigent entre les dames et martèlent le sol de leurs pas virils et peu précis.

Seuls Soriba, Kerfala et Diouldé sont mariés. Les autres s'arc-boutent encore au célibat malgré les réprimandes de leurs parents, malgré leurs promesses jamais tenues de saouler tout le monde aux noces – des noces qui auront lieu… dès la mort du prochain mois… Les époux et leurs épousées savent maintenant à quoi s'en tenir et se contentent de recevoir avec une joie bien sincère les filles qui les accompagnent.

Fatigués, ruisselants, ils s'affalent sur les sièges, soufflent, s'épongent.

Le champagne, les beignets et les brochettes rouges de piment sont apportés par un boy silencieux et docile. Le piment aidant, ils ont vite fait de descendre de nombreux verres qui délient les langues et propulsent leurs éclats de rire.

Au faîte de la saoulerie, Bôri a vite fait de se glisser entre le peu de place qui sépare Râhi et Diouldé, tandis que la main de Mâmata tient déjà l'épaule de Diouldé. Seraient-ce les yeux embués par l'alcool qui inciteraient à ces tics et empêcheraient le moindre soupçon ? Non. Le geste le plus insignifiant, le plus normal est épié, fixé, secrètement photographié et sournoisement rangé dans un coin bien approprié de la mémoire de chacun d'entre eux. Plusieurs années de fréquentation routinière et hermétique les ont conduits à contracter des *habitudes* de groupe. Tous savent que le très sérieux couple Râhi-Diouldé, à qui l'on « reconnaît » réserve et noble timidité, n'a pas plus de solidité que motte de beurre : qu'on la mette au grand jour, et voici qu'elle fond aux rayons du soleil. L'ardeur que montre Mâmata lorsqu'elle s'empare du bras de Soriba, lorsqu'elle entraîne son mari au rythme de sa sauvage démarche, la bonne entente et la chaleureuse humeur qu'ils étalent en toute occasion ne sont que pure apparence : Mâmata couche avec Diouldé qui couche avec Râhi qui couche avec Bôri… Seulement, crevant le plafond de l'ignominie, ils ne se sont pas loyalement accordés sur un délicieux planning de *partouzes*. Ils préfèrent feindre, nier avec toute la vigueur de leur inconscience. Et, sitôt isolé dans sa demeure, chaque couple s'enferme dans la chambre conjugale, exige des comptes, crie à la traîtrise, hurle à l'adultère…

– Ne crois surtout pas que ça va continuer comme ça, dit Diouldé ; je sais te lire enfin. Légère, tu es légère comme du coton.

Il n'en faut pas plus pour que Râhi se redresse, monte sur ses petits ergots, tambourine des mains, claque des doigts, se tape les cuisses avant de lancer de sa voix indolente – lorsqu'elle parle, on dirait qu'elle mâche en même temps de la braise :

– Porototo ! Alors, c'est moi qui suis légère *nê* ! Et ton baratin avec la *patate* de Soriba ? Apprends que je sais tout. Vous vous voyez chaque jour à l'hôtel, quand tu prétends de ton sourire hypocrite que tu es au bureau. *Wous ! Was !*

– C'est toi qui rejoins Bôri chez lui quand tu fais semblant d'aller faire des courses. Misérable chatte !

La colère se lit dans les yeux de Râhi, ils clignotent sans désemparer, sa bouche se tord.

– Chatte, moi ? Soit. Mais alors méfie-toi, sale raton. Regarde-toi un peu. Raton, oui, raton.

Diouldé vacille un quart de seconde et parvient à dire entre mille halètements :

– Ah, je suis un raton ! Tu n'as pas de pot, ma vieille. Tu épouses un raton et tu choisis pour amant un vrai fantôme. Regarde ton *cliché* de Bôri : une liane sans tuteur qui meurt à se tenir debout.

– Si la fortune m'avait souri, je serais aujourd'hui avec la liane, pas avec sa racine. Et puis, je me demande pourquoi tu restes avec moi. C'est ton hypocrisie qui te retient, dis-le, ton souci de bien paraître. À moins que… tu redoutes que Soriba ne te secoue. Hâhâhâ !

– Je ne redoute rien du tout. Et tu risques de le sentir, si à l'instant tu ne fermes pas ton bec, femelle du diable.

– Me battre ? Essaie un peu. Ose-le si ta culotte est vraiment pleine, ose-le et je décampe.

Les voix montent. Les fronts se plissent. Mais, dans la chambre à côté, une toux sèche se fait entendre, qui les désarme. À l'unisson, ils disent, vaincus : « Moins de bruit, on réveille Mère. » Le lendemain, rien ne subsistera de leurs mesquines querelles. Le réveil sonne, ils ne parviennent pas à se lever, ils plongent encore dans une torpeur qu'expliquent leurs nuits sans sommeil, la voix sifflante de Mère les appelle à la prière :

– Le soleil a percé le voile de l'aube et vous dormez encore. Woûri, te faudrait-il toujours les suppliques de mon regard pour t'atteler à la prière ! Ton corps ne s'habituera-t-il donc jamais à se dégager du sommeil et à répondre dès la première lueur du jour à l'appel de Dieu ? Ne serais-tu déjà sous l'emprise de Satan ? Peut-être bois-tu ? Bois-tu du lait de Satan, bois-tu de l'alcool ? *Soubhânallâhi !*

– Mère, si je ne me suis pas levé à temps pour prier, ce n'est point par oubli, ni par volonté délibérée d'enfreindre la loi du Créateur, la loi que nous fit connaître son saint prophète. Seulement, une petite faiblesse, Mère, une simple négligence ; c'est pour avoir trop veillé. Quant à boire de l'alcool, quant à boire de l'alcool, ah, la méprise que vous faites ! Si je buvais, où trouverais-je la force de paraître devant vous, de tourner mon regard vers le Ciel qui nous veille ? Si un jour, même par mégarde, une goutte d'alcool me passait le gosier, il me faudrait plus de mille ans de jeûne pour expier.

Le mensonge de Diouldé aura suffi pour rasséréner Mère. Elle avale sa salive d'un air satisfait, mais ne s'éloignera qu'après avoir vu Diouldé ouvrir la porte, s'agenouiller sur la vieille peau de mouton et, Râhi derrière lui, Râhi l'imitant à souhait, entamer de toute sa gueule la première sourate du Saint-Livre. Maintes fois, le front sur le sol, dans cette position de profonde soumission au Maître du monde, maintes fois il a failli succomber au douillet rappel du sommeil. Maintes fois, derrière, Râhi a failli renoncer aux interminables génuflexions. Mais, par l'entrebâillement de la porte, tout au long, les petits yeux de Mère les a scrutés sans battre des cils.

Le café est heureusement fort – Souley le fait toujours fort – et une tasse suffit pour les ragaillardir un peu. La clef de contact, la grille ouverte, le caracolement de la voiture sur les rues en mauvais état, les voilà devant l'école où Râhi enseigne. Baisers gauches, « bonne journée chairrie ». Cela n'augure en rien qu'ils feront taire leurs odieuses querelles nocturnes. Le soir, ils recommenceront, comme les autres…

Curieux couple !

C'est à la faveur d'un séjour de vacances scolaires qu'il l'a rencontrée. Tout juste descendu de l'avion qui l'avait ramené de Hongrie, il avait filé à Bouroûrè : le personnage rude de son père, la monotonie de la vie au village l'avaient bientôt lassé. Alors, il était venu en ville ; là, il y avait de l'animation ; il y avait, pour qui savait se débrouiller, de la vie, quoi ! Et celle-ci ne se faisait pas prier pour vous entraîner dans son tourbillon : depuis les boîtes de nuit mal famées où l'étreinte d'une bouillante fille de joie et le goût amer, le goût délicieusement piquant de la bière vous font oublier la saleté, jusqu'aux palaces où l'on peut, toute la nuit, danser de l'émulation de rythmes endiablés ! Il fallait évidemment s'agréger à un petit groupe de rigolards bien initiés, disposer d'un peu de sous. Diouldé n'était d'aucune bande, mais il était lié avec Soriba, un camarade de lycée, étudiant en Allemagne. Pour ce qui est de l'argent, il parvenait à en mettre de côté puisqu'il touchait une bourse. Grâce à mille privations, il secourait également Mère.

Le voilà donc, par une profonde nuit d'hivernage,

en train de sillonner la ville, d'en pénétrer les plus imprévisibles coins ! Soriba se montra un parfait guide. Il connaissait les gens, savait suivre les capricieux entortillements des chemins obscurs, flairer les lieux de plaisir, dénicher des secrets où, ensuite, il se mouvait comme un rat dans son égout.

Partis à deux, ils étaient plus de cinq à la sortie du troisième « boui-boui » de leur circuit. À *L'ombre du cocotier*, snack-bar-dancing affichant prétentieusement un pauvre néon, ils avaient rencontré Kerfala (à l'époque, celui-ci était étudiant aux États-Unis). Le futur ingénieur agronome puait, ce jour-là, l'alcool à vingt mille lieues, parlait avec emphase, tapotait l'épaule de qui il avait sous la main, tirait sur sa brillante cravate et piaillait sans arrêt : « Dommage que vous veniez si tard ; maintenant j'ai les poches vides, sinon, je vous aurais noyés, saoulés, je vous dis. Et puis, je n'y suis pour rien, hein. Prenez-vous-en à Soriba, tirez-lui la queue, parce que lui, il savait que j'étais là et que j'étais bien graissé ce soir : j'ai tapé mon vieux, hé ! Il est radin, mon vieux. Seulement, je sais faire des combines, je connais les topos *dèye*... »

Il servait avec précaution, cela ne l'empêchait pas de trembler et de répandre à la traînée le whisky, la bouteille était à moitié vide.

– Tu ne guériras jamais, dit Soriba en levant son verre à la ronde. Regardez ce saligaud : son père n'aurait jamais dû le mettre au monde.

Tout le monde rigola. Kerfala, plus que les autres, éprouvant sans doute en les entendant une mâle fierté.

– Vous savez qui est le vieux Diâré ? continua Soriba. Le vieux Diâré, ce commerçant dont on parle tant, qui paraît-il dispose de caisses et de caisses de billets, mais qui pleure à se fendre les orbites quand il lui faut acheter le caleçon du dernier-né, c'est le père de Kerfala. Seulement, ce maudit garnement ne se laisse pas faire. Quand il vient en vacances, il rapporte toujours dans ses malles un tas de papiers : ordonnances, bibliographies, arborant un quelconque tampon ; le corniaud se charge lui-même de la signature. Avec ces papiers, il assomme son vieux père profitant de l'ignorance de celui-ci : « Mon père, ce sont les livres que je dois acheter, ce sont mes ordonnances, je suis souvent malade là-bas à cause du froid. » Voilà pourquoi le chacal ne manque jamais d'argent.

Kerfala tirait sur sa cigarette et se laissait dévisager par ses admiratifs ; puis, pour illustrer les dires de Soriba, il se leva galamment, s'efforçant de ne pas froisser son costume de Tergal. Il clama, en tapant la table avec fracas :

– Tant qu'on y est, attendez-moi quelques instants, je reviens. Toi, Soriba, accompagne-moi quand même. Tu conduiras la voiture. Si je le faisais dans cet état…

Une demi-heure ne s'était pas écoulée qu'ils étaient de retour. La poche de Kerfala s'était gonflée.

– Une autre bouteille de whisky, clama-t-il au barman d'une voix qui pouvait largement s'entendre dehors. Et économisez vos sens, mes agneaux. Après cette bouteille, je vous emmène quelque part.

– Où ? s'enquirent les autres.

– Hâaaaa voilà ! répondit malicieusement Kerfala. Pas n'importe où, puisque je ne suis pas n'importe qui. Apprenez que, si j'ai le sens des affaires, j'ai aussi celui des contacts. Je connais un copain qui connaît l'adorée, aînée d'un homme de la haute classe, d'un ministre quoi.

– Alors ?

– Alors, cette charmante génisse fête aujourd'hui ses vingt-deux hivernages, whisky, champagne, délicieux mets et une floraison de belles conquêtes auxquelles il ne manque ni la classe ni la grâce. On y va, ou vous voulez que je vous prie ?

Mais l'assoiffé se fait-il prier pour accepter un verre d'eau où clapotent des glaçons ? Le lion à jeun attend-il la prière des dieux pour avaler en un coup de gueule la biche qu'il trouve au détour du chemin ?

Soriba eut un mal fou à trouver où garer la voiture. Sur les cinq cents mètres et des deux côtés de la rue où ils étaient arrivés, les DS, les Mercedes et autres Cadillac, on eût dit deux fourmilières d'engins plus brillants, plus énormes les uns que les autres.

Kerfala les avait conduits devant une énorme grille portant une lettre dorée sur chaque battant, sans doute les initiales de l'hôte royal de la demeure… Deux hommes factionnaient devant la grille, en vareuse et pantalon bleu marine bordés de larges raies blanches. Il était difficile de prime abord de savoir s'il s'agissait de deux grooms ou de deux sentinelles appartenant à la garde de quelque prince, un de ces princes autour desquels tournent les légendes des riches pays lointains.

À la hauteur des deux hommes, ils s'arrêtèrent : leur regard de marbre n'incitait guère à la camaraderie. Kerfala, qui, décidément, n'arrêtait pas de susciter la plus vive admiration, se dégagea du groupe et accosta lesdits personnages dans un style approprié aux circonstances. De loin, on pouvait le voir gesticuler de la main droite tandis que la main gauche disparaissait dans la poche de son pantalon et soulevait sa veste, dessinant ainsi comme un *zeste* d'élégance. La scène dura longtemps, les autres ne savaient toujours pas si le fieffé marchandeur qu'était Kerfala parviendrait à forcer l'entrée de la noble maison pour tout le monde.

De temps en temps, il arrivait des hommes et des femmes, de respectables invités ceux-là, qui, montrant simplement un carton, se voyaient ouvrir le passage avec de lourdes révérences par les cerbères.

Kerfala marchandait toujours quand les deux gaillards l'écartèrent avec vigueur : des notables, qui dans un beau costume, qui dans son froufroutant boubou, qui dans sa robe du soir, sortaient solennellement en file. Des chauffeurs et des gardes du corps s'affairaient à retrouver les voitures, à les garer devant la grille, ouvraient les portières. En une minute, le cortège avait démarré, encadré par les motards.

Les gardiens devinrent presque aimables : « Le patron présent, nous ne pouvions vous laisser entrer. Maintenant, oui, si vous nous promettez de vous conduire bien. »

Quant au spectacle qui les attendait, une fois qu'ils furent autorisés à fouler le sol de la miraculeuse habitation, ils n'avaient jamais rien vu de semblable. Sauf peut-être Kerfala que sa sacrée débrouillardise avait sans doute conduit à bien des aventures dorées. De toute façon, le destin n'avait jamais offert à Diouldé le broussard que les sentiers boueux de Bouroûrè, la mortelle cour du lycée et le restaurant universitaire de Budapest.

Une vaste étendue de tendre gazon tondu avec art ; çà et là, de fraîches paillotes perdues dans un entrelacement de rosiers, de citronniers, de palétuviers et de manguiers ; sous la cime de cette forêt domestiquée, de coquets chemins de galets et de coquillages serpentant dans tous les sens avant de mener à l'étincelant joyau, la villa où se tenait la fête. La terrasse donnait sur une cour intérieure, celle-ci descendait vers une plage qui scintillait de tout l'éclat de son fin sable blanc. Et devant la mer, il y avait aussi une piscine, dont les eaux, véritable miroir fluide, flirtaient avec les jeux de lumière sophistiqués, renvoyant des reflets aux colorations multiples et frivoles.

Un instant abasourdi, émerveillé et béat, Diouldé ne s'aperçut pas que ses acolytes s'étaient éparpillés, qu'ils l'avaient laissé seul dans la cour, au milieu des couples attablés devant des montagnes de choses appétissantes. Kerfala dansait sur la terrasse qui servait de piste. Les autres, après s'être dirigés vers la plage ou la piscine, accostaient témérairement de belles filles à l'allure de fleurs. Diouldé s'attabla sagement dans un coin, déboucha une bouteille de champagne et s'attaqua à un coq, géant de sa race.

– T'isole pas, mon vieux. Ici, il faut faire comme si on y était né. Bouge, drague, que dis-je. Ces succulentes filles à papa ne cherchent qu'à se faire cajoler. Chante-leur la berceuse de tes aïeux. Ça marche toujours. Seulement, il faut du cran, mon gars.

C'était Kerfala qui était venu le voir entre deux danses. Là-dessus, comme propulsé par quelque ressort invisible, Diouldé se retrouva au milieu d'un groupe de nénettes endimanchées qui piaillaient sans arrêt, sans s'écouter, chacune perdue à dévoiler aux autres les faits et actes de sa menue vie ; chacune se faisait et se refaisait belle, renouait sa tresse, arrangeait son chignon, rajoutait son fard, étirait son jupon pour sauver un pli et elles s'interpellaient dans un caquetage général de Nini, Nénée, Loulou, Lilie, Chouchou…

– Elle est belle, ta robe, Mimie, affirmait une voix non sans une pointe de jalousie. Dis-moi donc où tu l'as trouvée, mon chou. Des robes pareilles se trouvent rarement. Il m'en faut une, moi aussi, je jure, quitte à m'écorcher vive.

– C'est vrai que le modèle est rare, surtout ici, répondait l'âme flattée, le visage tout lumineux de découvrir son joujou de robe tant enviée. C'est tonton Kaba qui me l'a ramenée de Rome.

– Moi ce sont les *tchoss*[1] de Fifie qui me bottent, mon Dieu. Faut que tu me passes le tuyau, coquine.

– Il n'y a pas de tuyau, mon ange. Cousin Lama

1. Chaussures.

en est le seul secret : il les a dénichées dans un chic magasin de Paris lors de sa dernière mission.

Ceci, sans faire état du sac de Kadie, rapporté de Moscou par quelque adorable *tantie*, de la robe de Lolo, de la montre électronique de Nénée, précieux objets mille fois couvés de regards ardents de fou désir, mille fois tâtés, essayés, empruntés, échangés.

Diouldé n'avait pas besoin d'en écouter davantage pour comprendre quel intérêt cette basse-cour de petites gâtées accordait au luxe des choses venues de loin. Peut-être s'intéressaient-elles aussi à l'envoûtant mystère qui dormait en ceux qui, comme lui, avaient eu l'inappréciable veine de fouler les modernes pays ? Budapest aurait-il le pouvoir de leur arracher quelque regard, voire quelque attention ? En tout cas, il s'enhardit et jeta d'une voix dont l'assurante mesure l'étonna le premier et qui coupa d'un net tranchant le flot de dires que les pimpantes demoiselles avaient jusqu'ici déversé :

– Ah, elles ont été achetées à Paris, tes chaussures ? J'en ai bien vu de pareilles à Budapest : à Budapest où je fais mes études.

Quelle suite de douces caresses que de se sentir tout à coup le point de mire de tous ces yeux de diablonnes de la coquetterie, des yeux qui ne roulaient plus que pour mieux le voir ! Et, sans plus se laisser retenir par le moindre fil de scrupule, il avait ajouté au plus pressé, conscient de son éhonté mensonge :

– D'ailleurs, oui oui, j'y suis tout à fait maintenant, j'en ai bien vu à Paris aussi ; à Paris où j'ai maintes fois fait escale en allant à Budapest.

– À Paris ? avait gémi du tréfonds de son âme une fille au teint de mangue mûre. (C'était Râhi…)

Ils devaient s'avouer plus tard qu'ils avaient oublié les riches péripéties qui les conduisirent, ce soir-là, bras dessus, bras dessous, tour à tour sur la piste de danse, dans les verts coins secrets du jardin qui appelaient à l'amour, puis dans les vagues immenses d'une mer qui ne semblait plus rouler que pour leur faire fête, telle une foule d'admirateurs lançant à leurs pieds des monceaux de guirlandes… Combien de fois s'étaient-ils embrassés, caressés, pincés, reniflés, humés, serrés, presque étranglés ? Combien de fois lui avait-elle dit : « Chairri, parle-moi de Paris » ? Combien de fois lui avait-il parlé du quartier Latin, de Pigalle, de Montparnasse, du bois de Boulogne et de celui de Vincennes ?…

Cependant, les conquêtes féminines n'avaient jamais été son fort. Au lycée, sa morbide réserve et son pauvre étalage vestimentaire lui avaient valu l'insupportable indifférence des lycéennes. À Budapest, il s'était creusé l'arrière-fond de la cervelle pour connaître les secrets de ceux de ses compatriotes qui, à chaque nouveau soleil, affichaient une nouvelle mignonne… On lui avait pourtant dit : « Tu verras, là-bas, il te suffira d'éternuer pour ployer à tes désirs la plus entêtée de leurs blondes. »

Mais, dans son coin d'amphithéâtre, pas même la petite Eléna, rabougrie et boutonneuse de partout, ne lui avait consenti un regard. « Il faudrait peut-être ne pas se presser », s'était-il dit en signe d'espoir. Et, à la fête de l'Université, il avait abordé Vanina ; celle-ci avait secoué son abondante chevelure de blé, puis avait fait une moue de dédain. Il avait fini par rengainer pour de bon sa panoplie de Don Juan écolier.

Or, ce soir-là, la fortune lui souriait tellement ; à aucun prix, il ne fallait rater l'aubaine.

Car c'était bien une aubaine, même si Râhi n'était pas une de ces proies véhiculant dans son sang l'excellence d'un père, fabuleux ministre, mais la modeste cadette d'un instituteur de brousse en retraite. Elle était venue là pratiquement dans les mêmes conditions que lui : elle s'était fait inviter sur l'invitation accordée à une camarade qui connaissait quelqu'un, qui connaissait un autre, qui connaissait la cousine du côté maternel de la troisième épouse du ministre dont la fille fêtait son anniversaire…

Mais ils s'étaient découvert l'un l'autre ces petits côtés infaillibles de gestes lents et de paroles molles qui dénotaient leur commune origine paysanne. Ils ne mirent pas longtemps avant de parler mariage :

– Juste deux maudites années et je te reviendrai glorieux ingénieur, lui avait-il dit en promenant ses doigts sous son mouchoir de tête pour toucher les tresses clairsemées de ses brillants cheveux noirs.

– Tu nous achèteras une voiture, n'est-ce pas ? avait-elle répondu.

– Une voiture ? Ce sera la moindre des choses. Et un frigo, bien entendu. Et puis le climatiseur. Voilà, aujourd'hui, des choses indispensables.

– Et que sera pour moi ton premier cadeau de mariage ?

– Que diras-tu du joli saphir que je t'offrirai pour nos fiançailles dès la fin de mes études ? Et puis, des robes, de belles robes, cintrées, brodées, dentelées, comme tu le voudras.

– Et puis des chaussures.

– Oui, des chaussures, qui du reste n'auront rien à voir avec les savates vernies de la Fifie. Car, imagine-toi, ma très belle, les chaussures de cette mouche, qui ici font miracle, là-bas on les voit sur le dernier rayon des modestes magasins. Pas même un manœuvre en chômage ne les achèterait pour sa femme. Moi, je t'en décrocherai des vraies de luxe, du pur cuir, bien tanné, bien coupé ; pas des *pirogues* pour encorner tes tendres orteils miens.

Et ainsi de suite… De la machine à laver à la vaisselle en or, de la machine à coudre aux sous-vêtements les plus soyeux, les plus moulants… Comme si ces choses se cueillaient en levant le bras, comme lorsqu'on s'apprête à démunir de ses feuilles un champ de manioc où la gracieuse miséricorde des dieux a déversé l'abondance de la fertilité.

Mais, après tout, que ne pourrait-il avoir avec un diplôme d'ingénieur ? pensait-il.

Et quand les pluies du mois d'août se furent espacées, nourrissant de moins en moins les petits torrents des fossés et des ornières, cessant enfin d'inonder et quelquefois d'emporter les bicoques de la ville, ce fut pour lui le triste moment de reprendre l'avion, de retrouver à Budapest le cours monotone de ses études. À la veille de son départ, il avait acheté quelques cadeaux pour Râhi : une bague marchandée toute une matinée avec un commerçant peu conciliant, un bracelet qu'un obscur bijoutier avait bricolé et sur lequel le brave artisan avait accepté de graver un *Râhi* pratiquement illisible, un sac à main. De quoi sans doute contenter son être adoré, de quoi la retenir avant l'ère des saphirs, des diadèmes et des soies, avant l'ère qui fatalement s'ouvrirait pour eux deux au sortir de ses études. Mais ses cadeaux n'avaient pas su éclairer le visage de Râhi de la joie qu'en secret il escomptait. Le « merci chairri » qu'elle avait susurré n'avait rien à voir avec la chaleur qu'il attendait, la molle bise qu'elle lui avait faite ne ressemblait en rien au flux serré de forts baisers qu'il eût voulu recevoir. À l'aéroport, jusqu'à la passerelle de l'avion, elle l'avait pourtant accompagné, collée à lui comme une verrue, inondant son épaule d'abondantes larmes, toutes chaudes.

– Ce sera long, ces deux années. Tu penseras à moi, n'est-ce pas ? Tu penseras à moi tout le temps, n'est-ce pas ? avait-elle dit.

– Je penserai à toi et je t'écrirai tout le temps, avait-il répondu, fébrile.

Furtivement, ils avaient échangé des photos-souvenirs. Diouldé lui avait offert un sombre portrait en buste où il arborait un sourire crispé et fronçait les sourcils ; son regard en était tout ouvert et paraissait abominablement vide. Pour Râhi, ce fut un portrait clair, peut-être un peu trop clair, qui atténuait, dissolvait presque ses traits dans la blancheur du papier.

À Budapest, Diouldé avait soigneusement encadré le portrait de Râhi et l'avait fixé au mur de sa chambre : personne ne pouvait l'ignorer de ceux qui s'aventuraient chez lui. Il entraînait aussitôt ses visiteurs devant l'inévitable photo et là, d'un index soumis à l'on ne sait quelle vibration, il montrait sa bien-aimée et disait d'une voix fière : « C'est ma fiancée. »

De méchantes langues raconteront que Râhi, elle, prenait mille et une précautions pour ne pas montrer la photo de son « chairri » aux curieux. Lorsqu'elle avait annoncé qu'elle venait de se fiancer avec un étudiant poursuivant ses études en Hongrie, elle précisait tout de suite qu'il était sur le point de décrocher son terrible diplôme d'ingénieur. Et quand un de ses camarades apercevait le maudit portrait, elle s'empressait de lui signifier que, oui, c'était bien son fiancé ; mais, attention, il était étudiant et, qui plus est, bientôt ingénieur : il ne fallait en rien se laisser tromper par ce *carton* ; chacun savait que, dans cette foutue ville, pas un seul photographe n'était digne de ce nom : des pourfendeurs de portrait, voilà ce qu'étaient les photographes ici…

Qu'importe ! Dans deux années, Diouldé, ingénieur, pourrait, avec elle, décider de la date de leur mariage. Rien ne s'y opposait, ou plutôt si : une chose à quoi Diouldé, jusqu'ici soumis à la douce euphorie des premières amours, n'avait pas songé : l'existence de son père. Comment annoncerait-il à ce farouche gardien des principes ancestraux qu'il avait tout seul décidé de se fiancer avec une jeune fille pour l'avoir fait danser un beau soir ? Comment lui ferait-il comprendre que les temps avaient décidément bien changé ; que les jeunes n'avaient plus le tempérament à se faire marier à la guise de tel père ou de tel oncle ? La tâche lui aurait été encore bien plus facile si, dès l'âge où il en était à jouer dans la poussière, son oncle, en réalité le plus proche cousin de son père, n'avait un jour réuni tous ceux qui, dans le village, l'expérience des années acquise, savaient, disait-on, distinguer le bien du mal, l'essentiel du futile et la droiture de l'égarement, et n'avait porté à la connaissance de la *lourde*[1] et respectable assemblée de tels sages qu'au nom de leur lignée – dont la même sève millénaire leur parcourait le corps à tous – il avait décidé d'offrir Kadidiatou, le dernier fruit de sa quatrième épouse, à son cousin, justement ; que cette décision lui était d'autant plus agréable que ce dernier n'avait jamais ôté une seule feuille à l'arbre qui lui avait donné de l'ombre ; en plus, libre cours, il laissait à son cher parent le soin de marier la fille à qui il voudrait ; mais sa préférence, si on lui permettait d'exprimer sa préférence, serait que ce soit à un des fils de son cousin, car, par ces temps où la main ne reconnaît plus son propriétaire, où la bouche n'obéit plus à celui qui la possède, la sagesse même recommandait de se montrer d'une extrême prudence : mieux valait voir sa fille liée à un proche parent, à un autre soi-même, que de la voir emboîter le pas au premier venu dans l'inconnu de l'aventure. À quoi, Alfâ Bâkar avait répondu que jamais, par la ceinture de son père, jamais il n'avait entendu paroles aussi mielleuses, qu'elles lui faisaient à la gorge l'effet d'une eau de source bue après avoir mâché une saine et volumi-

1. Honorable.

neuse noix de cola fraîche de la fraîcheur du matin ; que, puisque la coutume disait bien : « Même si on te crève un œil, garde le bon sur la génisse que l'on t'a confiée, quitte à perdre ton troupeau entier », son bonheur serait de garder la promise pour un dont sa chair avait donné la vie, pour son fils aîné, Diouldé. Aussitôt, Mère avait été appelée et, dès que la nouvelle lui avait été annoncée, elle s'était affalée, saisie par le coup du bonheur, frétillant même des cheveux dans sa transe. On avait croqué la cola, on s'était félicités, on avait remercié Dieu et les ancêtres pour tant de bénédiction, tant de paix, tant d'harmonie feutrée. Les vieux avaient sorti leurs éternelles quintes de toux, discrètement, s'étaient gratté les hanches. Le griot avait fait frémir par sa voix rauque, catarrheuse, presque obstruée, qui avait comme qui dirait du mal à sortir, mais qui sortait quand même, toujours…

Quelles ne furent les railleries des petits camarades de Diouldé ! La fiancée, petite morveuse d'à peine douze saisons d'existence, n'apparaissait plus devant foule de bambins sans que des voix sarcastiques s'élèvent pour annoncer la *femme de Diouldé* ! Au détour d'un chemin, la *femme de Diouldé*, pleurnichant derrière sa mère ; à la rivière où les gamins avaient décidé de s'offrir une partie de baignade, la *femme de Diouldé*, flanquée de ses sœurs et s'évertuant à suivre les conseils de ses petites aînées sur la manière de blanchir un linge irréversiblement rouge du rouge de la terre. Au clair de la lune, dans le cercle de danse, la *femme de Diouldé*, qui, d'ailleurs, ne semblait nullement s'en offusquer – comment en serait-il ? – mais s'adonnait plutôt avec une précocité inquiétante au jeu malicieux de la promise prude : elle savait déjà se cacher à la vue de son futur époux, prestement derrière une palissade, elle se terrait dans un lougan bordant le chemin. C'était déjà une femme qui ne laissait plus passer ni ramadan ni *tabaski*[1] ni *touppal*[2] ni *hirdè*[3], sans composer avec l'art d'une mère quelque mystérieux *latyiri*[4] accompagné d'un lait consistant et du meilleur des beurres qu'elle offrait à Diouldé et à ses petits camarades. La réplique à tant d'*éducation* ne tardait pas de la part des parents de Diouldé : Alfâ Bâkar saisissait toutes les occasions pour rendre les honneurs à la belle-famille, un sachet de cola à la main. Mère ne s'arrêtait plus de carder, tisser, coudre, et teindre pagnes, camisoles, mouchoirs de tête pour la belle-fille.

Une chose menacera pourtant et troublera, sans que personne ait pu le prévoir, cet hyménée comme fatidique, ce parachèvement de la quiétude du village : sous l'incitation d'un voisin qui connaissait la ville, Alfâ Bâkar avait admis que Diouldé fût mis à l'*école*. Comment, dès lors, les hommes sages du village ne surent percevoir qu'un fossé s'était creusé, qu'il allait de jour en jour s'agrandir entre ces deux petits cousins que la tradition, dans son infini bon sens, avait décidé de lier pour le bonheur de tous ?

Lorsque Diouldé, sortant de l'hésitation, entreprit

1. Fête.
2. *Id.*
3. *Id.*
4. Couscous de maïs.

d'encourir risques et périls pour écrire à son père sa décision d'épouser Râhi, l'étonnement fut grand.

La réponse d'Alfâ Bâkar ne tarda pas :

– Toi que j'ai conçu, que j'ai mis au monde pour tout dire, que j'ai élevé avec peine. Toi pour qui j'ai sué, chaque jour, à chaque instant, c'est toi qui m'insultes, me profanes, m'humilies, me traînes nu sur la place du village, sous les yeux gourmands des curieux, devant parents et amis, pour lesquels, tu le sais bien, j'ai toujours porté l'habit de l'homme qui ne dit pas mot pour rien, qui respecte sa parole donnée. J'ai toujours baigné dans le respect et l'honneur, Diouldé, et on m'aurait fendu le crâne, je n'aurais pas cru qu'il te reviendrait à toi, toi, le fruit de ma chair, de m'en priver.

« Mais voilà : il faut se rendre à l'évidence. Dans le village, je n'ose plus paraître. Je ne puis, vois-tu, supporter ces chuchotements dans mon dos, ces salutations soudain furtives, fuyantes, ces regards en lesquels je ne lis plus ni la franchise ni la confiance. *Hèye* Diouldé, *hèye*, es-tu donc assez naïf pour préférer le promis au possédé, le sombre attrait d'une passante à la disponibilité sûre et entière d'une fille que les tiens t'ont donnée ? Oseras-tu vraiment m'ôter le bonnet de la tête et défier avec tant d'effronterie les lois qui nous attachent tous, blesser à jamais tous ceux qui, ici, n'ont cessé de nous aimer, de nous épauler ? Prendras-tu pour femme une misérable pécheresse ?

« Pourtant, Diouldé, pourtant, le proverbe dit bien : “Ne crève pas l'œil de celui qui t'a appris à voir.” Si encore je croyais infléchir ta décision, je te dirais de te reprendre ; mais, puisqu'il en est ainsi, *awa* Diouldé, *awa*... En tout cas, une telle conduite, tu ne la prends pas de moi. Personne ne saurait me convaincre de porter un tel héritage, même au plus intime lieu de mon être... Là, c'est ta mère, Diouldé, là, c'est ta mère. Il n'y a qu'à voir la conduite dont elle a toujours fait montre...

« Un dernier mot, Diouldé. Si tu épouses cette fille, alors, Diouldé, considère que je ne suis plus pour toi qu'un étranger, plus un père ; que la parenté qui nous liait est devenue celle du singe et de la pierre. Je dis, si tu épouses cette fille, ne me tends plus la main, je ne la prendrai pas, ne m'écris plus, je ne te lirai pas, ne me fais plus cadeau de rien, ce serait une grande insulte.

Rien y fit, cependant : Diouldé épousa Râhi. De toute la famille, Mère seule assista à la cérémonie. Elle n'ignorait pas qu'ainsi elle portait outrage à son mari. Ne lui avait-il pas dit : « Voici ton œuvre. Voici la conduite de ce que tu as mis au monde. Tu iras évidemment l'assister dans le fin mot de sa déchéance, n'est-ce pas ? Tu iras à ce mariage, hein ? Avoue que tu iras ? »

Elle était venue, partagée entre l'irrésistible appel d'un fils enseveli sous les dalles du déshonneur que crée la faute, et l'indiscutable désir d'un mari fort de la raison des principes coutumiers. En vérité, elle n'avait su choisir entre ces deux pôles d'une même douleur. Ce n'était peut-être pas elle qui était venue à ce mariage proscrit, mais la fibre principale de sa poitrine, la personne profonde de son être.

Chapitre 3

Une fête avait été organisée en l'honneur des jeunes époux dans la maison même où ils s'étaient connus, la Providence ayant voulu que Soriba en soit le nouvel occupant après la chute du ministre… Celui-ci avait été emporté par une pluie de complots, une pluie où, disait-on, il avait trempé jusqu'aux os. Le *sinistre conspirateur* avait à peine fini de donner ses mains aux menottes de ceux qui étaient venus se saisir de sa personne que Soriba enjambait le seuil, secouant ses frusques d'étudiant. Ce serait là le QG des copains ! Un QG fonctionnant tous les soirs et il s'y donnait les bals que l'on sait. Il y avait aussi ces longs abandons à la discussion, ces fiévreux moments où ils laissaient s'éteindre la voix de l'électrophone pour écouter la leur, lâchée pour vider de soi la lourde lie d'idées pétillantes dont on a pressuré, écoulé le jus, mais dont il reste la masse fibrailleuse de la décoction qui enserre les tripes, démange l'esprit et crispe les consciences. Entre les verres bavant la mousse que les lèvres happent, gourmandes et insatiables, et la main qui bat l'air pour mimer ces choses qui ne se font pas dire aisément – ces choses qui restent dans la gorge comme un os fourchu –, il y a les épaules qui s'affaissent, comme chargées d'un remords imprécis. Au bout du compte, l'alcool n'aura rien donné que son farceur goût de mystère et son parcours de lave qui n'a pas fini d'envahir les palais et les langues qu'il a déjà franchi les gosiers ; votre interlocuteur vous oppose un regard sombre, rien que son regard sombre, accroché comme une nuit à son visage. Chacun cherche en l'autre l'issue qu'il devine, mais ne sait pas…

Diouldé débouche une bouteille de champagne, il ne voit pas qu'il y en a bien d'autres de déjà ouvertes, à peine entamées. Il tire goulûment sur sa cigarette avant de tomber comme un baluchon de coton sur le canapé et de soupirer :

– Eeeeeh ouais…

– Eeeeeh ouais quoi ? intervient du tac au tac Kerfala.

– Nous sommes bien drôles.

– Qui est drôle ? fait Bôri avec un peu de rage.

– Peut-être que nous ne sommes même pas drôles, miaule Diouldé. Il y a des fois où le ministre m'énerve à un tel point…

– Qui, qui t'énerve ? dit quelqu'un.

– Ça dépend du jour, je crois même que cela dépend de l'habillement du jour. Je jure que si c'est ce *catafane* [1] multicolore qui lui multiplie la bedaine, je me porte mal, très mal. Là, je m'enferme dans mon bureau, je mords des crayons, je déchire des

1. Sorte de robe.

papiers et je regarde ma secrétaire avec un œil méchant.

– Le ministre…

– Il y a longtemps qu'on aurait dû l'enterrer, celui-là. Vous avez vu sa masse ? La graisse doit lui écraser le cœur comme un poids-lourd sur un moineau. Il n'y a plus qu'à attendre pour le cueillir un de ces quatre, froid comme le premier mort.

– Moi, ma grand-mère aimait à me dire : « Il y a trois choses que tu ne verras jamais, même si, moineau, tu allais jusqu'au bout du monde : un chimpanzé blanc, la racine d'une pierre et un homme gras par les bienfaits du jeûne ; ces trois choses, mon petit veau, Dieu les a cachées de notre vue depuis le jour de la création. »

– Ta grand-mère, elle aurait pu aussi dire : « Ceux qui s'engraissent sont de beaux salauds qui mangent en surplus dans un pays où le surplus est une autre de ces choses que Dieu a cachées de notre vue depuis toujours. »

– Oui, des salauds que l'on devrait fouetter à la place du village en guise de cure d'amaigrissement.

– Le ministre n'est pas seul.

– Sûr.

– Moi, je paierais cher pour voir ce porc à deux pattes en rut sur sa femelle. Ça doit souffler, les gars !

– Sa femelle ? Ses femelles plutôt. Il a quatre épouses qu'il a prises quand il portait la *bouilloire du Blanc*. C'est une fois ministre qu'il a eu cette girafe qui lui fait fonction d'épouse officielle. Les quatre bonnes femmes sont maintenant parquées au village, une nuée de mouflets sur les genoux. Mais on dit qu'il y a la pension. Là, je ne fais pas mention de toutes celles qui passent chaque jour au bureau ou à l'hôtel.

– Peut-il seulement jouer à l'homme ?

– La Roughi, cette idiote qui sourit à tout le monde et qui est si peu difficile à prendre le lit, tu sais, Kaliva, celle-là qui a tenté de nous allumer la dernière fois au *Tropicana* – elle raconte que c'est un homme comme les autres, peut-être seulement un peu plus lourd…

– Vous avez entendu son discours à la dernière *assemblée révolutionnaire*. J'ai cru qu'il y avait des cancrelats dans mon transistor ou que l'on avait égorgé un animal et que le malheureux râlait avant de rendre la vie. Rien compris.

– Qu'y a-t-il à comprendre dans ce que ces gens-là disent ? Le bréviaire est trop connu, mon vieux. Une suite de phrases toutes faites où ces messieurs, enfin, ces *camarades*, se congratulent à pleine gorge, se réjouissent de… se félicitent de… et s'émeuvent de tout : « La chance historique de notre vaillant peuple, symbole vivant de la bénédiction de nos ancêtres, est la présence – ô combien opportune ! – à la tête de notre verdoyant pays d'un de ces hommes dont la Providence ne nous fait cadeau qu'une ou deux fois par cinq siècles ; j'ai parlé, et vous vous en doutez sûrement, de notre cher président, bienfaiteur suprême de vous et de moi, ardent défenseur de la cause sacrée, notre leader bien-aimé Sâ Matrak. »

– Quel torrent de salive ! Ceux qui sont à plaindre, je les connais.

– Lesquels ?

– Ils sont nombreux, tous ceux qu'on enlève de leur travail pour écouter ça, être là devant eux ; taper des mains quand ils élèvent la voix et puis leur sourire inlassablement, puisque ces *camarades* aiment ça, le beau sourire de notre peuple.

– Il faut tuer cette vermine, cette cohorte de sangsues, avant qu'il ne soit trop tard.

– Je serais bien de ceux qui appuieraient sur la gâchette.

– La gâchette, voilà tout le problème. Des fusils, je vous dis, et le pays se nettoie tout seul comme un arbre que la saison sèche dénude de son habit vert. Il n'y a pas là matière à philosopher. Que ceux qui ne savent pas pondre de fusils nous épargnent leurs caquetages ! Le pays, que je sache, n'est pas une basse-cour de vieilles poules.

– Le fusil !

– Oui, le fusil !

– Mais alors, si j'ai bien compris, il nous faut une armée ?

– Presque. Et voilà nos petits tyrans chacun dans sa tombe. Remets-m'en donc, de ce champagne. Qu'attends-tu ? Voyez-moi ça : des hommes bien équipés, avec beaucoup de jugeote les gars, et la tête clinquante d'un idéal cristallin. Ah, quel malheur que ce pays soit peuplé de créatures sans bravoure ! On dirait un jardin de lierre où chacun s'évertue à ramper sous l'autre. N'y a-t-il pas un seul homme qui ait du cœur ici ?…

Soriba flaire le plateau de brochettes et, comme s'il y était obligé, saisit quelques morceaux dont il se remplit la bouche ; il regarde après sa main huileuse, grimace, s'empare du mouchoir tout blanc que le boy lui a tendu. Il mâche avec un bruit agaçant, entrechoque ses dents, fait un frou-frou de ses grosses lèvres. Son parler est à peine distinct lorsqu'il déclare en guise de plaisanterie :

– Moi, j'ai de la jugeote hôoooo. N'est-ce pas que je suis tout indiqué pour votre armée ?

– Pour la jugeotte, on pourra toujours discuter, mais la bravoure, mon frère, c'est une autre question, dit Kerfala.

– Non, sans blague, le problème est sérieux, vieux bougres, dit Kaliva.

– Le problème est sérieux, n'empêche qu'il a un relent d'humour, au point où on en est…

– C'est vrai, l'humour n'y manque pas. L'autre jour, Béla, le député, sort de l'Assemblée nationale pour regagner sa voiture. Il voit le jardinier qui tond le gazon : « Allons, mon brave camarade, ça marche, ce boulot ? Courage, hein ! Hier, le Blanc avait tout dans ce pays ; pour nous, rien. Mais aujourd'hui, tu vois, tout est pour nous, pour nous tous. Rien n'empêche plus que chacun ait sa propre voiture. Tu ne me crois pas ? – Si, camarade député, si. – Pourquoi, alors, dilates-tu tes narines qui sont déjà larges comme des puits ? – Pour rien, camarade député, pour rien. Je me permets de vous rappeler que, moi, je n'ai pas encore reçu la mienne. – Ta quoi, mon brave ? Ma voiture, *Kéee* ! »

Pendant ce temps, les femmes commencent à bâiller…

– Encore, si c'était des gens capables, il y aurait peu à redire. Mais, bonté divine, ce cortège ne sait que bouffer. Parmi eux, aucun gestionnaire, aucun administrateur, aucun technicien. Qu'ils regagnent leur souterrain de subalternes mal parvenus et laissent la place à ceux qui peuvent. Pour bâtir, il faut des bâtisseurs, enfin…

– Tu rêves si tu penses qu'ils s'en iront ainsi. Ils ont le pouvoir et ils s'y accrochent comme des bigorneaux sur un roc. Pour les en dégager, il faut les brûler. J'ai parlé d'armée, il nous faut une armée !

– Ajoute que quiconque flairera ce pouvoir sera mangé cru. Même si je mourais de faim, je ne toucherais pas même aux tripes de la proie d'une hyène.

– La question n'est pas là, déclare alors Diouldé. Ce n'est pas à nous qu'il reviendrait… Qu'a donc une poule à discuter du prix d'un couteau ? Non… À vous, je vous le dirais franchement puisque vous êtes des frères : je m'occupe de mon travail. La politique, je ne dis pas que je n'en fais pas, mais je préfère faire comme le caméléon : mettre mon pied sur un terrain dont j'ai pu d'abord m'assurer qu'il était stable. Il serait ridicule que la terre s'effondre sous mes petits pas !

Tiéba aussitôt le soutient :

– Il a raison. Laissons la politique aux spécialistes. Nous avons assez de problèmes comme ça.

– Oui, oui, c'est ça. Occupons-nous de ce qui

nous regarde. Le fou qui t'a blessé prétextera toujours que tu as pris le même chemin que lui.

– Et le soleil n'assèche pas la peau de celui-là qui n'a pas quitté sa maison. Je ne me mêlerai pas de leurs magouilles politiciennes. Mon problème est tout autre. Mon problème est de supporter la présence de ces régnants. Si seulement on avait d'autres lieux pour travailler ; mais non, il faut travailler sur leurs genoux, sous leur contrôle.

– Contrôle, mon œil ! Tu leur fais un rapport, ils ne sont pas foutus de le comprendre… Il m'arrive pourtant de me dire : travailler pour ces messieurs, c'est bien cimenter leurs fesses sur les fauteuils où ils sont déjà.

– Je dois même dire que notre position est fort incommode. Ne sommes-nous pas des dirigeants qui s'ignorent ? Ne sommes-nous pas leurs fesses, les fesses de ces messieurs ? Mais, savons-nous seulement péter ?

– Hé si, quand même, dit Kerfala, indigné, qui lâche en même temps une bulle comparable en tout à celle d'un âne repu.

Les autres font mine de se boucher le nez.

– Non, les rassure Kerfala. Les plus tonnants sont les moins puants. Celles qui puent le plus, ce sont celles que l'on lâche en petites bouffées discrètes. Celles-là, plus elles sont discrètes, plus on les sent, vous savez, avec cette odeur franchement caustique qui écorche les narines.

Excédé, Soriba finit par dire :

– Arrête maintenant, et dis quelque chose de sensé.

Râhi d'ajouter :

– Surtout qu'il y a le boy à côté. Quelle gaffe s'il t'entendait !

Kerfala répond :

– Merci pour vos belles manières. Vous parlez du boy ? Moi je vous dis que si ça se sentait dans les plats, il y a bien longtemps qu'on se serait mis au jeûne. Ce gaillard doit être maître dans l'art de péter. Il a un derrière qui ne trompe pas. Mamadou ! hurle-t-il en direction de la cuisine.

L'interpellé se dessine à la porte, se baisse pour la passer, avance les bras le long du corps et se plante au milieu du salon comme un fromager dans un terrain vague.

– Regardez-moi ce superbe physique, se met à susurrer Kerfala.

Ils se mettent alors à parcourir le garçon du regard, celui-ci fixant le plafond sans désemparer et s'efforçant de garder un sourire contraint, tout malheureux.

Kerfala n'avait pas exagéré quand il avait dit « le gaillard ». Pourtant, l'observateur ne pouvait se rendre compte de la justesse du mot par un simple coup d'œil. Il fallait, pour en éprouver la pleine signification, le soupeser avec patience et sans se lasser des détails. Il y a des hommes dont la silhouette paraît tout à fait normale, dans son ensemble, mais qui sont en vérité des nains ; celui-là était normal dans son expression globale, mais en réalité, c'était un géant. Par la taille, il les dépassait tous. Sa tête touchait jusqu'au plafond. Ses épaules sous-tendaient la légère chemise de coton qu'il portait, au risque de la déchirer. Un ventre plat, sans la moindre saillie, et un derrière bien rembourré. Sur ce derrière, le regard de chacun finit par s'arrêter : là, était le petit mystère de Kerfala ; là, était le petit suspense dont le dénouement allait régaler la faim de leur curiosité.

– Nous allons jouer, Mamadou, dit Kerfala. Ne te fâche donc pas pour ce que je vais te dire. Nous sommes bien entre amis, hein ? On t'aime bien, tu sais. Nous avons fait un pari, mais ne t'offusque pas, il faut que tu pètes, quoi. Hoûn…

Mamadou se mit à ricaner de l'intérieur, eût-on dit, puisque sa bouche ne s'ouvrit même pas.

– Ce que vous me demandez, patron, c'est ce que mon père lui-même me demande. Jouons. Mais il faut attendre que je me prépare. Pour jouer à la course, il faut d'abord retrousser son boubou.

– Vas-y, retrousse-le à ta guise, mon brave. Mais il ne faudra pas y aller n'importe comment. Une première fois, tu y vas doucement, sans bruit aucun ; ensuite, seulement, tu canonnes, mon vieux.

– Sans faute, patron, sans faute.

L'odeur envahit la salle sans le moindre signe annonciateur. Ceux qui croyaient la recevoir tout de suite s'étaient trompés. Il leur avait fallu attendre au point de désespérer avant de l'avoir dans le nez et, même, cela s'était fait selon tout un processus avec une phase centrale ou l'insupportable régnait sans partage. Puis il y eut le canon, qui déploya leurs rires sauvages et les affala pêle-mêle sur la moquette, les faisant tenir leur ventre comme s'ils avaient la colique. Dans cette grande mêlée, personne ne sut jamais lequel d'entre eux laissa sur la moquette une nappe de vomissure que le boy se mit aussitôt à nettoyer sans quitter son sourire figé.

Chapitre 4

Il y a Gnawoulata[1], l'ami d'enfance de Diouldé. Commerçant aujourd'hui, il avait, dans son enfance, vécu avec ce dernier une courte et malheureuse expérience scolaire. C'est que son tempérament mercantile et son sens tôt affirmé de la combine s'accommodaient fort mal des contraintes intellectuelles. En classe, il venait avec un sachet de bonbons qu'il revendait un franc pièce à ses petits camarades. Quand quelqu'un lui demandait la grâce d'un crédit, d'un seul bonbon dont il rendrait le franc dès le lendemain à l'aube, Gnawoulata remettait sa marchandise dans la large poche de son boubou et y plaquait ses petits doigts entrelacés. Calmement, sans même regarder le solliciteur, il murmurait plus qu'il ne parlait, se plaisant même à cligner des yeux : « N'était mon père, je jure, frère, je jure, je t'aurais fait crédit de tout le sachet, puisque je te connais et tu me connais. Mais, comme je te dis, c'est mon père : le vénérable vieillard, avant de rendre l'âme à celui qui la lui avait prêtée, m'a appelé et m'a dit :

1. Pas-de-crédit.

“Pour héritage, je te laisse ce conseil : ne te porte jamais créancier pour quoi que ce soit. Le créancier, mon fils, n’a pas de place dans l’autre monde, sinon dans les braises-mères des grandes flammes.” Ce n’est pas tout : c’est celui qui la première fois a dit : “Tiens, je te prête, c’est celui-là qui a donné au monde sa cohorte de malentendus, de discordes et de haines.” Tout le sachet, frère, tout le sachet, mais le testament d’un père, Kôooooh, le testament d’un père ! »

D’où son surnom de Gnawoulata. Personne ne s’étonna qu’il abandonnât les études deux années après et se fît petit marchand : il vendait quelques biscuits et cigarettes. Il disparut un jour. Et c’est seulement quinze années plus tard que Diouldé le rencontra… dans le bureau du ministre. Tout avait changé chez le présumé commerçant, tout, sauf le nez : un véritable appareil à flairer les sous. Il n’y avait qu’à voir la descente brusque de l’arête qui finissait à la base par un bourrelet massif où s’ouvraient des narines surcreuses logeant des poils drus et touffus. Ce nez, pris de bougeotte, éternel renifleur, Diouldé le reconnut l’instant même où il vit Gnawoulata :

– Héeeeh Gnawoulata !

– Lui-même en effet, répondit l’interpellé en se levant péniblement de son siège et en tendant une main à peine ouverte.

Diouldé se souvint que cette main n’était pas bien normale : il s’était toujours abstenu de demander à Gnawoulata si c’était par tic ou par maladie que ses doigts restaient crochus et empêchaient une complète ouverture de la main.

– Je t'ai reconnu aussi, vieux frère, continua Gnawoulata d'une voix caverneuse.

À partir de là, Diouldé cessa d'écouter, il se contenta de regarder l'homme. Une chose sauta à ses yeux qui le convainquit définitivement du changement qui s'était opéré chez son vieux camarade : une calvitie avait occupé le crâne de ce dernier, une calvitie sur ce que tout le monde à l'école appelait la *haute plaine*, ce sacré bouillon de teignes grises et de gales brunâtres. La vie avait travaillé son *même-âge*. En face, lui, Diouldé, donnait l'impression de naître. Deux vilaines rides menaçaient les commissures des lèvres, pour le moment assez discrètes ; regrettables, néanmoins, à la faveur d'un sourire. Les dents étaient parties ; il y avait maintenant des dents en or, signe de richesse certes, mais de lasse jeunesse aussi. En plus, il portait l'obésité, maintenant, Gnawoulata. De son corps émanait pourtant un sentiment de bien-être et de bonheur tranquille porté avec assurance et bonhomie.

Contenant mal leur joie, saouls d'accolades et d'étreintes, ils sortirent sous les yeux médusés du ministre dont ils n'entendirent même pas le « Vous vous connaissez donc », dit, il est vrai, du fond du ventre. Ils s'embrassèrent encore longtemps dans la cour du jardin avant de se retrouver sur un banc et de commencer à se donner des nouvelles :

– De quoi peut-on jurer, frère ?

– *Inch Allâh*, de rien, parent, de rien.

– La vie est bien une corde hein, ça s'entortille, mon gars.

– Hoûhoun, ça s'entortille. Oui, que je me souviens de toi, Diouldé. Tu avais de la tête alors, mon petit veau, ça je le jure, tu avais de la tête.

– Et moi donc, sacré Gnawoulata, si je me souviens de toi ? Hâaaaah, je vois encore tes bonbons. Au fait, ils t'ont porté chance à ce que je vois.

– Que pouvons-nous, misérables de nous, contre la volonté divine, qui pour nous destiner ne daigne même pas faire signe ? Mon frère, je ne te dirai rien. Je vous quittai donc…

Gnawoulata prit une bonne demi-heure pour parler de sa vie. Pourquoi avait-il quitté le village ? Son père était mort peu après sa sortie de l'école. Diouldé le savait. Il savait aussi que Gnawoulata n'avait pas connu sa mère puisqu'elle était morte à sa naissance. « Vivre chez sa marâtre avec des demi-frères plus âgés que vous n'est pas une chose marrante, frère. » Très tôt, il fut poussé à croire aux vertus du tout pour soi et par soi. Il fallait affûter ses ongles pour s'attaquer à la latérite de la vie. Pour dire vrai, il n'avait pas eu le temps de songer à la richesse, pas même celui de penser à l'avenir. Il s'agissait de réunir quelques francs susceptibles de rajouter aux maigres repas d'une marâtre, qui, avant de l'être, était d'abord une femme à la main peu large. Les bonbons ? *Woï*, les bonbons, pour les francs, il n'avait pas dit non, mais, frère, c'était aussi pour échapper un peu aux corvées pénibles que ses demi-frères lui imposaient. Il fallait se lever avec le jour, cultiver jusqu'à ce que ce dernier daignât se coucher et, le soir, le sommeil l'emportait vite sur la faim tant il était harassé. C'était donc pour fuir qu'il avait quitté le village, pas vraiment pour chercher fortune. La fortune ? Non, ça ne se cherche pas. Ça se rencontre. « À chacun son hasard ! »

Après le village, il avait été à la *ville petite* : toujours des bonbons et quelques cigarettes. Il faillit vite revenir au village : la faim y était plus aiguë, en effet. *Un sursaut d'homme* l'en avait empêché en dernière minute : revenir au village plus misérable qu'avant, lui qui avait défié ses *même-père*. Était-il donc une croûte de chiotte laissée au secret d'un bosquet par une fille de mauvaise vie ? Ah non, frère, héhéhéhé, ah non : aller plutôt à la *ville grande*. Ce qu'il fit. Là aussi, la faim n'était pas absente, mais il commençait à s'en habituer. Oui, son moral se gelait, goutte à goutte, non pas à l'assaut de grandes épreuves, mais à la guise d'une expérience quotidienne faite de rasades d'eau tirées à la pompe publique, de quelques biscuits subtilisés sur son propre étalage et de fréquents séjours en taule pour de misérables larcins. Moralement et physiquement, il portait ses treize ans comme une poignée de coton sur le dos d'un mulet.

Et puis, quelqu'un lui parla de Pellè Ngayou[1], le pays aux pierres lumineuses : « Tu te baisses en pleine nuit, tu pioches une première fois : si la brousse ne s'illumine pas, pioche encore un peu plus : la pierre est là, le jour avec elle. »

Pellè Ngayou, un immense chantier, sur une

1. Montagnes aux lions.

plaine marécageuse, vaste comme un champ de désirs. Il y avait bien de la pierre lumineuse, beaucoup de pierres lumineuses ; malheureusement, toutes avaient été achetées par une compagnie étrangère. Gnawoulata ne savait pas si cette compagnie était française, américaine ou hollandaise, et il s'en foutait comme de sa première goutte de lait. Quelle solution pour lui qui avait revendu jusqu'à son infortune pour arriver à cette plaine marécageuse et grenouilleuse ? Il n'avait pas le choix. Il n'avait d'ailleurs jamais eu le choix, lui, Gnawoulata : partir à l'aube avec la multitude d'aventuriots, venus, tout comme lui, déterrer la lumineuse pierraille. Partir à l'aube, braver les mines posées à chaque recoin, les mitrailleuses que tenaient les policiers faisant corps avec l'ombre de chaque arbre et de chaque bosquet. Douze morts la première nuit, quinze la seconde. Le lendemain, Gnawoulata, prétextant une mauvaise santé, ne sortit pas du campement. Il fouilla les baluchons de ses compagnons de fortune, se gardant toutefois de tout racler, mais piquant, au contraire, chez chacun une minable pièce de monnaie. Le compte fait, il avait de quoi refaire son étalage. Il se mit à vendre biscuits et cigarettes à l'entrée du campement. Le soir, il allait manger à l'autre campement, celui, plus proche de la terre, où *Dieu avait semé les pierres lumineuses*.

« Un an, deux ans, trois ans… dix ans, frère… »

Un soir, il malaxe comme d'habitude sa pâte de manioc, moins lourde et, comble de malheur, plus fade qu'à l'accoutumée, Toula, la galeuse aux cheveux tombants qui tenait la gargote, n'ayant pas daigné, ce soir-là, préparer une sauce *gombo*. « Quand j'ai commencé la cuisine, cela m'a tellement démangée que je me suis arrêtée pour me gratter », avait dit cette écervelée en croyant obtenir une excuse. Gnawoulata regagne le chemin de son logis avec les mêmes gestes détachés que d'habitude. À droite, quelques centimètres à peine loin du sentier, quelque chose brille. Gnawoulata, hébété, regarde cette lumière comme un musulman scrute le Levant dans sa prière. Le diamant est gros, très gros. Il l'étreint amoureusement de ses doigts tandis que son regard vogue aux alentours à la recherche d'un insoupçonné témoin. Sa démarche est plutôt une course jusqu'à l'orée du campement ; son souffle se coupe ; sa main obstrue la poche de son boubou ; la pierre sautille et retombe sur sa poitrine et la lui tapote presque avec tendresse. Ici, il ne fallait plus tarder. Il est arrivé que l'on égorgeât de pauvres hères parce que leur tabatière gonflait leur poche comme le font les diamants. Garder son calme. Ne se confier à personne et profiter de la nuit pour gagner Warouyoba[1], le pays où l'argent gagne tout et où le diamant est la mère intarissable de cet argent.

Le Libano-Syrien auquel il annonça son secret écarquilla les yeux comme un goitreux étranglé et dit : « Dans l'arrière-boutique, nous serons plus tranquilles pour discuter. Où est-il ? » Gnawoulata avait prévu cette question et ses dangers. Il avait, avec une *négligence* minutieusement préparée, laissé le caillou bien au chaud dans une chaussette, dans un

1. Tue-et-paie.

taudis où un *même-pays* l'avait hébergé. Il ignora donc volontairement la question et dit : « Tu me proposes combien pour une pierre grosse comme mon poing ? – Je ne peux rien dire avant de voir. – Je sais, tu te méfies. Mais comment négocier sans un brin de confiance ? – Bon, je me laisse fouiller de fond en comble pour bien te rassurer que je ne suis pas armé, ensuite, tu m'amènes voir. OK ? » rétorqua l'avisé commerçant.

Le *Souloukâdjo*[1], quand il vit le *caillou*, offrit deux « Merco » à Gnawoulata pour bien se réserver cet inespéré marché. Quant au prix qu'il proposa, Gnawoulata n'avait jamais imaginé une telle somme.

Plus rien ne le liait à ces pays. Il fit le retour et prit femmes. Et ce n'était pas pour se vanter, mais c'est la baraka même qui l'avait marié. Dieu lui a confié treize âmes, frère, oui, treize gosses…

Treize gosses, frère. Oui, la famille va bien. Je ne te dirai rien, frère… Mais tu ne me parles pas de tes études. Avec la tête que je te connais, tu as dû ravir le Blanc de son couteau : avoue, coquin, et montre les diplômes…

Ce qui préoccupait Diouldé était ailleurs. Comment Gnawoulata avait-il connu le ministre ? Comment tous les deux en étaient-ils arrivés à nouer des relations qui semblaient si sérieuses ?

Ce jour même, Diouldé dut rendre visite à la famille de Gnawoulata. Gnawoulata n'avait pas

1. Libano-Syrien.

menti : ses treizes gosses, il les avait. Il avait quatre femmes aussi, un merveilleux quartette.

Lorsqu'il fut présenté aux épouses, Diouldé ne put retenir son admiration. Elles étaient belles, les compagnes de son ami d'enfance ! Il ne put s'empêcher de ressentir de la jalousie. Il n'arrivait pas à admettre cette preuve vivante de ce qu'il prenait pour l'absurdité du destin : que Gnawoulata, qui avait été un élève médiocre, que cet homme fermé aux choses de bien, borné dans sa vue à la hauteur de son étalage de pacotille, qu'on pouvait tout juste imaginer couvant avec la passion et la tendresse d'une mère-poule les sachets poussiéreux de ses bonbons, que cet individu fût, au comble de la providence, devenu diamantaire comme d'autres se ruinent, passe ; mais que le même Gnawoulata, avec son visage inexpressif, son front bas, son corps bedonnant, fût le mari légitime de ces quatre lunes, la chose était pénible à avaler ! À la jalousie se mêlait aussi l'idée, qu'il avait fini par faire sienne, selon laquelle chacun devrait bien se contenter d'*une* femme, cela, sans savoir s'il y croyait vraiment où si, comme beaucoup de gens aujourd'hui, il feignait d'y croire. Mais voilà-t-il pas que, pour en rajouter, Gnawoulata lui dit : « Dis-moi ce que tu penses de mon *troupeau* ? » Pour échapper à la scélératesse de la question, notre héros s'effondra sur le canapé et bâilla. Gnawoulata, alors, de réitérer : « As-tu bien entendu que mon troupeau est garni ? » Alors, Diouldé répondit, sans perdre son air évasif :

– C'est vrai, frère, tu as de vraies reines.

– C'est bien dit, ça, s'esclaffa Gnawoulata, en se

tapant la panse. Héeeh, les reines, apportez donc à boire à vos maris. Que bois-tu, au fait ?

– Ooooh…

– Laisse-moi donc t'aider. J'ai un whisky excellent, de la très bonne bière. À moins que tu ne préfères un jus de fruit ? Ce qui m'étonnerait. Tu t'es bien mis à l'alcool aussi, n'est-ce pas ? Comme moi, quoi, et comme bien d'autres.

– Bon, un whisky, puisque tu tiens à me pervertir.

– Tu vois ! prends ça, dit Gnawoulata, en tendant sa grosse main. La morale a fini par nous lâcher tous. Une vraie pute sans fidélité aucune, cette morale. Je n'ose même pas imaginer nos vieux parents nous voir boire ça.

S'adressant aux femmes, Gnawoulata dit :

– Mettez-vous donc à côté de votre *mari*. Oui, saluez-le bien. C'est mon ami, mon frère, celui qui a partagé mon enfance. Vous avez entendu ? Ce n'est pas du mensonge.

– Oui, *mes femmes*, renchérit Diouldé, votre mari et moi sommes les deux grains de maïs plantés ensemble. Nous avons poussé ensemble. Seul le vent de la vie nous a séparés un moment.

L'aînée des quatre épouses répondit :

– Tu es bien un mari, alors. Et crois-nous, nous te prenons comme tel. La maison est ta maison et ceux qui l'habitent, tiens. Nous te saluons, Diouldé.

Ce fut comme un signe, les trois autres entrèrent. Les salutations d'usage se prolongèrent : éloges autant que badineries, fusant comme étincelles d'un feu de bois nourri. Diouldé répondait, le gros de la marmaille sur les genoux, tirant un nez, tapotant une joue ou caressant une touffe de cheveux perdue comme une oubliette au milieu d'un crâne ras. Gnawoulata, qui suivait ses gestes, disait de temps en temps :

– Celui-ci qui ne se mouche jamais, il est de Fâtou, ma troisième épouse. Le grêle avec une tête de rocher, il est de Coumba, ma dernière. La petite bonbonne là-bas, c'est pour Malado, ma deuxième ; il montrait ainsi un garçon bourrelet ressemblant en tout à une calebasse. Mais voilà le plus original : on l'appelle Cow-Boy. C'est qu'il est chaud bagarreur. Méchant, quoi ! On l'appelle aussi le lionceau affamé. Il est de Fâtou aussi.

– Mon mari, tu voudras bien manger quelque chose, dit l'une des femmes en s'approchant de Diouldé et en enfilant ses bras autour de ses épaules.

– Oui, il nous reste un peu de riz, continua une autre. Et il faut te dire que notre *mâfé hâko* [1] ne s'effraie d'aucune concurrence.

– J'aimerais bien vous faire ravaler votre défi, mais mon ventre ne réclame rien pour le moment. Belle délivrance pour vous, n'est-ce pas ? Un peu de glaçons, plutôt, mon whisky est brûlant.

– Par le nom de celui qui sème les étoiles, où croit-il trouver des femmes pareilles à nous, héeeeh ? Refuser notre cuisine est un affront osé, hein, sœurs, et je vous prends à témoin.

– On ne l'a pas encore vu, celui-là. Il mangera

1. Sauce à base de feuilles.

bien. Il veut, je crois bien, se faire secouer avant. Ne le secouerons-nous pas ?

À cet instant, elles se levèrent toutes les quatre pour entourer Diouldé. Une le tira par le bras. Une autre le chatouilla sous les aisselles. La troisième lui tapota le ventre :

– Je jure, s'exclama-t-elle, qui a vu un tel ventre ! Son ventre, mes sœurs, est aussi plat que celui d'un serpent. Quelle chose ! Les maris ne mangent plus, je vous dis.

– C'est la faute à ces ceintures qui les attachent, renchérit une autre. Elles sont mauvaises, *dé*. Elles coupent l'appétit, bouchent les intestins.

– Ça et autre chose aussi. Ils ne mangent plus, comme ça, pour se donner des manières. Maintenant, ils goûtent seulement.

– Arrêtez, pauvres fourmis. Vous allez finir par me piquer, se mit à se lamenter Diouldé.

– Tu vas manger alors ? interrogea l'une de ses tortionnaires.

– Bon. Ça va. Donnez-moi un peu de cacahuètes. Ça me suffira largement.

– Que la honte te gagne, homme qui se fait prier pour manger des cacahuètes.

À ce moment, Gnawoulata qui, jusqu'ici s'était contenté de rire, crut devoir mettre de l'ordre :

– Puisqu'il veut manger des cacahuètes, laissez-le manger des cacahuètes. J'en prendrai volontiers aussi. Quelques gâteaux en plus ne feraient pas de mal.

Après les cacahuètes et les gâteaux, Diouldé dut manger le riz-mâfé hâko que les femmes avaient préparé. Ayant argué de toutes les excuses, les femmes trouvèrent chacune un subterfuge pour lui fermer la porte de congé. En plus, l'atmosphère familiale fort déliée ne manquait pas de prise… Les enfants, leurs grimaces, leur mêlée tumultueuse, leurs jeux, leurs querelles, leurs pleurs, si vite devenus rires, étalaient une sympathie drôlesse. Tout au long, Gnawoulata lui-même se surpassa dans la gaieté. Ce fut une vraie petite fête, l'entrain rapprocha Diouldé et Gnawoulata, que quinze longues années avaient, somme toute, fort éloignés et qu'une différence de tempérament avait peu rapprochés depuis l'enfance. Diouldé trouva là l'occasion qui leur avait manqué pour s'ouvrir l'un à l'autre de toute la largeur de leurs cœurs. Il s'en alla guilleret, et léger du sentiment d'avoir retrouvé un ami et un frère, deux merveilles dont le monde tarissait.

Ce sentiment fut consolidé dès le lendemain. Gnawoulata se présenta de bonne heure chez Diouldé. Un camion accompagnait sa luxueuse voiture. Des manœuvres en sortirent et commencèrent à décharger des caisses. Il y avait là des provisions de riz, de sucre, de farine, d'huile, etc. Ces bonnes choses étant très rares dans la ville, ce geste avait quelque chose de providentiel, et l'intention révélait un rien de savoureuse bonté que seules l'amitié et la fraternité avaient pouvoir d'enfanter. Nul doute que Gnawoulata était un ami sincère, et pas n'importe quel ami. Il avait le don de trouver le filon qui attache.

– Mon fils, Dieu lui-même te remerciera, dit Mère. Vois bien que nous sommes dépassés. Ton père Môdi Bâdiko faisait lui-même ainsi. Ta bonté n'est pas volée, mon fils. C'est le ciel qui te remerciera.

– Pour si peu, Mère, pour si peu, répondit Gnawoulata.

Mère disparut un instant dans sa chambre pour revenir avec son chapelet. Elle fit la bénédiction, puis l'apologie de l'amitié :

– Ne l'oubliez jamais : nous sommes tous des aveugles et notre bâton, c'est l'amitié. Toi, Gnawoulata, je mets Diouldé dans ta main. Tiens-le bien. Guide-le. Toi, Diouldé, je te le dis, bien que tu le saches déjà : Gnawoulata est ton frère. La confiance mutuelle et la franchise éclaireront votre chemin. Si aujourd'hui je mourais, il faudrait que j'aie raison de me dire : je laisse Diouldé dans les bras d'une mère : Gnawoulata.

Ainsi scellée, il ne restait à leur amitié qu'à suivre son cours. Il ne restait plus qu'à resserrer les liens, se rapprocher, rapprocher les familles, pétrir dans le même mortier rêves et projets, rouler au bout de la langue la même consonance du mot, bouillir au cœur de la même passion ; côte à côte, prendre pas, trébucher et tomber ensemble, se relever avec le même rire ou le même pleur… Ainsi le voulait la tradition.

C'en était donc fait : Gnawoulata avait maintenant sa place dans la villa de Soriba. Le premier accueil ne lui fut pas d'une grande chaleur. Il en reçut un véritable coup de froid, et une sorte de désenchantement se lisait sur son visage. Mais Diouldé vint vite à sa rescousse pour présenter son *frère*, un homme rare, chaque jour plus cher, celui qu'il voulait que tout le monde prît pour son propre frère.

Certes, le nouveau *frère* contrastait avec le milieu dans lequel il se trouvait introduit. Il lui manquait les petites manières subtilement calculées de l'intellectuel. Falot et lourdaud, il discordait sur toute la ligne avec son nouveau monde. Diouldé cependant avait insisté sur le charme moral de Gnawoulata. Aussi ce dernier ne tarda-t-il pas à se faire adopter. Quelques jours plus tard, sa seule absence aurait crié comme celle d'un membre manquant à un corps.

Chapitre 5

Il y a le fou, épave humaine que la tempête de la vie avait fait un beau jour échouer dans le quartier, presque devant la porte de Diouldé. Personne n'était capable de dire quand et comment cet homme était venu. Qui était-il ? D'où venait-il ? Personne ne pouvait le dire. Lui qui était devenu comme un monument du quartier, son arrivée n'avait même pas marqué ! Une fois là, personne non plus ne s'était étonné de sa présence. Et personne ne semblait s'en soucier. Mais n'avait-il pas su si bien épouser ce qui se passait ici ? Un arbre n'aurait pas su planter d'aussi profondes racines dans le décor de ce quartier.

D'abord, il avait erré, secouant ses puces ici et là. Un matin, il gesticulait dans telle cour. Un peu plus tard, il égrenait son chapelet dans telle autre. Puis il avait définitivement occupé *la rue*, ainsi que l'appelaient les riverains, un chemin un peu plus large que les autres chemins. Il l'avait occupée comme une armée. Il apparaissait avec les premiers rayons du soleil, les mains nouées sur le dos, se promenait à grandes enjambées, narguant la paresse de ceux qui ne s'étaient pas encore levés de leur lit : « Celui qui ne se lève pas maintenant ne se lèvera plus jamais », annonçait-il à haute clameur. « J'avertis que je n'irai pas au cimetière. N'êtes-vous pas fatigués de mourir, petites gens ? » Aux rares passants, il disait, entre deux rots : « Bonjour, fils ! que mon regard te suive ! » « Bonjour fils ! » même pour les personnes plus âgées que lui. Il continuait sa marche en vrai général inspectant ses troupes. Les portes closes l'irritaient. Il s'y précipitait nerveusement et y donnait des coups, jusqu'au moment où les gens ouvraient.

Le quartier a fini de se lever. Les pas nonchalants, les rires secs, les pleurs sourds ont repris leur train-train. Alors, lui, s'énerve. Il empoche son chapelet. Il retrousse les pans de son boubou. Il abandonne ses chaussures et son bonnet. Le voilà dessinant de grands arcs de cercle, dansant une danse à pas de géant. Brandissant un sabre imaginaire, le faisant tournoyer, il tranche l'air en faisant des houhous de furieuse tempête.

Gare à celui qui l'approche, qui lui parle. Il a pris l'incandescence du soleil qui, lui-même, a pris le milieu du ciel. Ses injures sont chaudes, ses coups brûlants. Attention, il peut un instant quitter la chaussée, taper le crâne du marmot qui traîne, dénouer le pagne de la femme trop téméraire et, la nudité offerte, arroser copieusement la malheureuse de son rire de moquerie dardante. Il peut même prendre quelque homme d'âge mûr par le collet, serrer ferme et exiger sa cola. Il ne demande jamais rien. Il se sert en mangues, manioc, igname sur les nombreux étalages de la rue.

Il s'est assis sous le manguier. Il épluche ses bananes. Il s'en prend aux enfants qui le regardent : « Je ne nourrirai aucun chien errant. Ceux qui ont une mère sont en train de manger chez eux. Si vous en avez une, allez-y. Et je vous adjure, ne convoitez pas la nourriture d'un honnête homme ; la foudre pourrait vous couper le regard. »

Mais il n'a pas fini son repas qu'il frétille de tout son corps. Le spasme le gagne. Il roule par terre. Il bave. Il halète. Il se raidit. Il se tortille. Il mange la terre. Il se couvre de poussière. Ses lèvres s'entrouvrent. Il aspire l'air qui lui manque. Il sort un cri strident, long, long à n'en pas finir. Il semble revenir à lui. Il se détend. Abattu, il se laisse aller au sol, vide, sans souffle, sans énergie. Il est rouge de poussière. Les mouches l'ont assailli. Ses lèvres bougent. Il veut dire quelque chose. Il finit par le dire. « Grattez-moi la gale ! » C'est d'abord une plainte inaudible, un discours mollasson, ensuite un hurlement sonore qui ne laisse plus personne indifférent. « Grattez-moi la gale ! » Il brûle l'assistance avec ses yeux rouges. Il martèle le sol avec ses poings nus. « Grattez-moi la gale ! » Sa voix est devenue celle du lion. Sa parole s'étire et s'élève ; elle a envahi tout le quartier. « Graaatteeeez-moi la gaaale. » Il se mord les lèvres et roule vers l'assistance. « Grattez-moi la gale. J'ai dit à mon fils de me gratter la gale. Le fumier m'a acheté un beau boubou. Je ne veux pas de boubou. Je veux qu'on me gratte la gale. »

L'assistance s'émeut et s'apitoie. Lui, commence à lui lancer des pierres, de la boue, de la poussière. Une voix de femme se fait entendre : « Faites quelque chose, mais faites quelque chose pour cette créature. Vous m'entendez ? Faites quelque chose. »

La vieille Makhalè sort de son taudis. C'est la matrone du quartier. Tous ceux qui ne peuvent supporter les frais de l'hôpital, le coût excessif des ordonnances, viennent la voir, qui pour sa toux, qui pour sa gangrène, qui pour ses rhumatismes. Et si, tout pesé, elle n'opérait pas le miracle, ses patients s'en retournaient lugubrement mourir chez eux.

Elle sort, la vieille Makhalè, à la main une touffe de coton cardé, un bocal d'eau chaude et un petit flacon d'huile de palme. Elle s'approche du fou, il cesse en même temps de s'ébattre. Elle lui enlève le grand-boubou ainsi que la tunique intérieure. Une odeur nauséabonde se dégage du corps malheureux. Il lui faut maintenant enlever la fine petite chemise de cotonnade qui tient le corps du malheureux comme un filet et moule son brave torse et colle aux plaies comme une compresse. La vieille Makhalè a pris ses ciseaux, violets à force de rouille. Elle prélève le coton et se concentre sur les plaies. Elle enlève les croûtes, essuie le pus, désinfecte avec de l'eau chaude et enduit d'huile de palme. Sans perdre son assurance, elle rhabille le corps du malheureux. Elle n'a pas rejoint son taudis que l'homme s'est couché agréablement et s'est mis à ronfler de tout l'agrément de son corps libéré de la douleur. Il peut dormir ainsi jusqu'à la tombée de la nuit.

À son réveil, des écuelles renfermant de la frugale nourriture l'entourent. Il mange sans manifester la moindre attitude de gratitude envers ceux qui ont pensé à son vieux ventre. Il a faim. Devant lui, il y a de la nourriture. Quoi de plus ? Cette créature pestilentielle, sans ami, sans parent, sans attache d'aucune sorte, n'a rien perdu de son amour-propre. Lui, qui crèverait de faim si la pitié du quartier s'arrachait un instant de lui, abhorre cette pitié qui le nourrit et méprise d'un mépris souverain ses bienfaiteurs. Il ne saute pas, avide, sur les plats qu'on lui offre et dont il pense que les gens, du fin fond de leur intérieur, font l'étendard de leur générosité. Il ne veut pas donner à ces prétentieux de l'altruisme matière à prétexte pour cajoler leur *bonté* et fortifier leur bonne conscience. Les plats qu'on lui offre, il les ouvre dignement et les goûte un à un en homme qui n'en est pas à son premier plat, qui sait apprécier à sa juste valeur un bon repas et reconnaître par la seule odeur ceux qui ne valent pas l'ombre d'un intérêt. Il compare, trie, en insistant beaucoup sur la manière dont il a été servi. Il mange avec retenue. Quand il a fini de manger, il repousse royalement les écuelles vides avec ses pieds comme un honorable chef de famille qui fait honneur à ses femmes par le seul fait de goûter à leur cuisine.

Râhi lui a dit un jour : « Sois heureux d'être parmi nous. Que ferais-tu sans nous, mon pauvre ? Mais toi, que fais-tu, en retour ? C'est bien à peine si tu ne nous insultes pas. Tu te veux une chaussure bien large pour tes petits pieds. » Il n'avait pas répondu à ce sermon. Il avait seulement bien remarqué cette femme et avait dorénavant ignoré l'écuelle qu'elle apportait.

Toute sa conduite reflétait quelque chose d'aristocratique. Ce qui avait fait jaser les plus bavards sur son compte : « Il y a bien une raison à ce qu'il soit ainsi. C'était un roi. Il a perdu son royaume pour quelque raison. Il en est devenu fou. – Non, répliquait un autre avec plus de hardiesse, c'était bien un roi. Mais ce sont ses demi-frères qui l'ont *travaillé* pour arracher le royaume. – Moi j'ai appris, et je le tiens d'une personne qui mérite la confiance de Dieu lui-même, moi, j'ai donc appris que cet homme était un marabout fort instruit. Mais, héeeeeh malédiction, il fut pris en train de coucher avec la femme de son *karamoko*[1]. Ce dernier mit trois semaines de prières pour que Dieu le maudisse. Voilà le résultat. – Marabout ? Je ne contredis pas. C'est un vrai plaisir de l'entendre le soir chanter les louanges de Dieu. Marabout ! Cet homme était marabout. Il connaît bien les Écritures. »

C'est vrai : le fou connaissait les Écritures. Le soir, quand il avait fini son repas, il reprenait son chapelet, remettait son bonnet et chantait de longs psaumes. Les gens sortaient l'entendre. Un moment, toute la vie du quartier se suspendait à son souffle élastique. Toutes les oreilles se dressaient pour capter son miel vocal. Tous les esprits buvaient le fluide divin de ses belles paroles. Il communiquait au quartier un flux de profonde sensation qui progressait au fil de ses notes improvisées, au rythme de ses versets

1. Maître de Coran, marabout.

scandés, immatérialisant les hommes et les choses, plongeant le quartier dans un lac d'éther. À cet instant, les mouches elles-mêmes semblaient retenir le bruit de leurs ailes. Le silence était total.

Mais un autre aspect de son personnage se manifestait bientôt. C'était, en général, aux moments où, le sommeil pesant sur les paupières, les gens se laissaient aller au lit. Ses sens prenaient vie de façon fougueuse. Ses nerfs se tendaient comme un arc. Son corps brûlait d'un désir insupportable. N'y tenant plus, il quittait ses habits, gardant seulement un cache-sexe qu'il abandonnait aussi quelquefois. « Savez-vous, misérables, que mon sexe bout de vie ? Un membre sûr ! Si vos femmes se lassent de vos margouillats évanouis, faites-leur du bien : ouvrez-leur la porte. Je suis là et je sais piler : mon pilon est ferme », disait-il de maison en maison. Fatigué de crier, il tombait dans le fossé et faisait l'amour avec les pierres.

Mille facettes en un corps, il savait se métamorphoser sans se renier, vivant seulement la courbe sinueuse de son propre cycle : variable suivant le moment, le temps, les hommes, les insectes. Toute chose, il savait la vivre de manière intense, sans renoncer à l'essence de sa texture, à sa propre folie. Il était *le fou* : il revendiquait toute l'absurde résonance du mot.

Étrange complicité que celle qui s'était tacitement établie entre lui et le quartier. Un quartier qui semblait lui avoir dit : « Donne-nous un peu de ta folie, répands-la sur nous. Nous te donnerons en échange quelques grains de notre misère, quelques gouttes de notre pauvreté. » C'était donc lui le généreux, lui qui osait se foutre des règles et de leurs auteurs comme de ses propres poux !

Quant au riz et à l'eau qu'il recevait, les gens n'en avaient jamais à suffisance. Pourtant, ils paraissaient si rodés dans la menue besogne, la trime, le picorement quotidien, qu'on eût pu penser : « Bientôt, il y aura davantage de riz, plus de liberté. » Mais non. Plus ils travaillent, moins il y a de riz ; le quartier n'est qu'une immense termitière d'où, chaque jour, les gens sortent travailler et reviennent avec des provisions de fourmis. « Patience, ils se rendront bientôt compte de la duperie », se disent certains. Vous croyez ?…

Lui, au moins, ne s'effrayait pas devant la vérité ! Il appelait un chat un chat. Ignorant hypocrisie et flagornerie, il suivait irascible l'élan impétueux de son propre jugement. Il ignorait les marches abruptes de l'escalier social, il ne se prêtait jamais à la lourde comédie qui s'y déroule.

Les autres, avec leurs regards sans raison admira tifs, leurs fronts éduqués pour prier, leurs genoux cornés de s'être si souvent prosternés dans la fosse de leur soumission commune, il s'en distinguait par ses éternelles hauteurs, son orgueil invétéré.

C'est lui qui déclara un jour à Diouldé : « Le succès te grise, petit. Tu es gourmand de toi-même, tu ne te rassasies plus de ta propre vanité ni de tes petits privilèges. Mais tu as peur, comme un gosse qui a un jouet trop voyant. » Diouldé avait remonté les vitres de sa voiture. Le fou ne lui adressa plus jamais la parole.

Chapitre 6

Pour la *tabaski*, Gnawoulata fut admis au réveillon organisé chez Soriba. Flatté par cette déférence, le riche commerçant participa largement aux frais. Il acheta un taureau, deux moutons, un lot superbe de liqueurs de marque et de vins fins, et aussi toute une série de mets recherchés dont il surveilla lui-même la confection auprès de ses épouses. Il voulait montrer à ces *jangubè*[1] aux poches de renommée légère, que lui, Gnawoulata, valait quelque chose : il avait de l'argent. Et il savait que l'essentiel n'était pas d'avoir de l'argent, mais justement de savoir utiliser cet argent, de séduire son entourage, de faire sa renommée avec. L'argent n'était-il pas l'arme la mieux élaborée, la plus fine, la clef qui ouvrait toutes les portes, le parfum qui envoûtait tous les odorats : pour corrompre les pauvres, attirer les plus riches, se faire des liens utiles ? Pourquoi ce petit cercle d'intellectuels si fiers de leurs livres, de leurs fronts de savants, si renfermés, l'auraient-ils accepté sinon

1. Instruits, intellectuels.

pour son argent ? Là-dessus, il ne s'était jamais leurré. S'il n'avait possédé une telle fortune, ces messieurs se seraient contentés de lui dire bonjour de temps à autre. Il lui fallait donc leur en mettre plein la vue, et pour cela, pas de circonstances plus propices que la fête de *tabaski*. Oui, il *fallait* que, ce soir-là, ils se disent : « Ce Gnawoulata, tout de même, il n'a pas été à l'école, mais quel homme ! »

Voilà les dispositions d'esprit qui se trouvaient être les siennes. Il avait préféré venir sans ses épouses. Avec ces intellectuels et leur goût tyrannique pour le formel, mieux valait ne pas s'exposer aux risques du gauche et du ridicule.

Il arriva donc dans son boubou le plus écarlate et son parfum le plus riche. Le salon de Soriba ne ressemblait absolument pas à celui des jours ordinaires ; tout avait pris un air de fête et d'étrange fantaisie qui dépaysait Gnawoulata : les robes des dames, fantaisiste et provocante, celle-ci avec ses fentes latérales osées et ses manches en forme d'ailes de papillon ; classique et séduisante celle-là avec son blanc nacré, sa descente finissant au sol par une frange de plis minuscules ; curieuse cette autre sans forme ni décor, simple coupe de toile, pareille à un sac. Quant à la mise des messieurs, elle était joyeuse, avec des fleurs aux boutonnières, quelquefois aux cheveux. De lumineuses guirlandes recouvraient les murs.

Le repas fut long mais gai jusqu'au bout. Kerfala l'anima plus que d'habitude par sa verve et ses drôleries. Plus que les autres, une femme blanche un peu ronde s'était prêtée au jeu, réceptive à tous les mots, à toutes les allusions, à tous les effets. Elle partait d'un rire étouffé et vibrant qui ébranlait tout son corps ; elle s'agrippait comme pour ne pas tomber sur son voisin de table, un courtaud myope qui battait incessamment des paupières derrière des verres à épaisse monture. C'était la première fois que Gnawoulata voyait ce couple. Ayant remarqué le regard inquisiteur dont il le gratifiait, Diouldé se pencha vers lui et lui murmura que ce couple était arrivé le jour même de Paris. Ils étaient bien mari et femme. Lui s'appelait Sadio et venait de finir ses études d'économie. Elle, c'était Josiane, un médecin. Alors, Gnawoulata avait dominé sa petite émotion pour demander à l'étrangère peu commune si elle comptait bien s'établir ici ; si elle n'avait pas peur du soleil, des moustiques, des Noirs. Il ne comprenait pas pourquoi la femme blanche était devenue rouge comme une tomate et pourquoi les autres baissaient la tête ou se grattaient les oreilles. Puis il lui avait demandé ce qu'elle pensait de la nourriture du pays. Presque agressive, Josiane avait répondu : « Ce n'est pas la première fois que je mange du riz. Dis-leur, Sadio, dis-leur ma performance en riz-mafè ! »

Vers la fin du repas, une discussion prit forme, un de ces éternels débats que Gnawoulata avait encore peine à supporter, desquels il ne tirait jamais le moindre brin de compréhension. Cela avait commencé lorsque Kerfala, ayant roté pour amuser, s'était affalé sur le canapé et s'était plaint de la nourriture « si lourde » :

– Ah, l'Afrique et son éternel riz !

Josiane avait brusquement réagi comme si elle avait reçu un coup d'épingle dans la moelle épinière :

– Ce n'est pas plus lourd que la pomme de terre.

– C'est lourd quand même, avait répliqué Kerfala.

– Non, on ne sait jamais, reprit Josiane, en tâchant de se calmer. Il peut y avoir danger à vouloir par exemple rabaisser la valeur du riz au profit de la pomme de terre, ce qui serait, avouons-le, condamnable.

Dès son arrivée, Josiane avait montré ce côté de son personnage qui laissait deviner une tendance à suspecter ici et là des relents de colonisation. Elle guettait continuellement chez ses compagnons les signes de doute, voire de reniement, les signes qui auraient montré leur volonté de ne plus porter le fardeau, à eux transmis par les ancêtres depuis le fond des âges. On comprenait que, rebutée par les charmes arides de la civilisation industrielle, elle en était venue à chercher comme un instant de vie, de repos, aux mamelles de l'Afrique. Elle se faisait candide soldat de cette virginité-là, même si sa pauvre bataille irritait.

La discussion coula, s'enrichissant d'alluvions de mots, étalant au grand jour l'intérêt et la fougue de Josiane pour le continent. Après s'être battue sur la valeur du riz et d'autres choses du même genre, elle aborda le domaine qu'elle jugeait essentiel : l'existence des hommes ici ; ce qu'ils en pensaient, eux ; ce qu'ils avaient déjà fait pour l'améliorer ; ce qu'ils comptaient faire. Ses questions partaient comme des flèches, elle ne se préoccupait pas de séduire :

– Voyez-vous, à mon avis, l'Afrique est un vieux continent qui a su économiser sa jeunesse. C'est d'elle, à n'en pas douter, que sortira l'Homme que l'on souhaite tant. Chez nous, la jeunesse a eu aussi son âge d'or, sa vitalité ; mais cela est devenu une vitalité d'énergumènes qui a vite tourné au mouron. Nous nous sommes essoufflés sur le futile, nous avons brisé notre force sur le vertigineux chemin de l'immédiat. C'est chez vous que demeure la richesse intérieure qui nous fait défaut, le trésor de patience et d'amour. Vous avez là une rivière fertile qu'il vous faut exploiter à point. Ne reniez pas ça pour imiter nos perversités.

Elle se rendait bien compte que ses mots ricochaient et perdaient cible. À preuve ces visages, des visages qui restaient de marbre, et l'échec de son lyrisme africain, qui pourtant allait crescendo. Elle en ressentait une sourde révolte, et même un certain mépris pour ces fêtards insouciants qui – elle avait déjà eu le temps de s'en apercevoir – ne se souciaient ni de nouvel Homme ni de l'Afrique, mais qui, au contraire, enfonçaient leurs tentacules dans le plein quotidien avec ce que cela a de banal et d'euphorique. Quel non-sens, se disait-elle, pour eux qui étaient nés dans cet océan de belle misère, dans ces merveilleuses contrées d'enfants meurtris, mais encore vierges et promis à la Grande Œuvre du Futur. Les mains ingénieuses manquaient pour cette œuvre ; elle croyait les trouver chez eux. Maintenant, elle comprenait : ce n'était que des espoirs ratés ! Eux, qui auraient dû *être* la Solution, ils ne l'étaient en rien. C'était plutôt eux, le Problème, à la lumière de la vérité. Bercés par le miroitement des privilèges, ils se laissaient envelopper par la brume de la corruption ; malades de cécité, ils ne pouvaient plus se regarder. Ni voir la douleur de l'Afrique. Ils en devinaient seulement quelques contours, ne faisant que maugréer contre un système auquel ils n'avaient pas conscience d'appartenir. Pensaient-ils s'opposer à ce système ? Et la meilleure manière était-elle d'en devenir la composante de haut niveau ? À quoi servaient alors leurs diatribes ?

Qu'est-ce qui, de la peur et de la faiblesse, les guidait le plus ? Il y avait de quoi avoir peur, avait-elle entendu dire. Ici, lui avait confié un jour un compatriote de son mari, qui, par prudence, avait préféré l'exil, des feuilles de manguier comme des petites filles, du portefaix désœuvré comme du cadre, il faut se méfier. Tout le peuple s'espionnait pour le compte d'une espèce de créature qu'on ne voyait jamais, toujours entourée par un rideau d'agents de sécurité, que l'on entendait indéfiniment à la radio ; si souvent, semble-t-il, que les sots du quartier racontaient que cette voix était infatigable ; que c'est parce qu'elle s'était fait un jour entendre que le pays était devenu *indépendant* ; que, si jamais, cette voix se taisait, une *catastrophe nationale* se produirait.

Quand Diouldé, après son retour au pays, écrivait à ses amis de Paris, il risquait aussi de telles allusions ; dans l'ensemble, il se montrait tiède, voire acide. Il parlait de corruption, de la misère du peuple, d'une exploitation éhontée des richesses collectives par l'étranger. Mais, en même temps, il annonçait sa nomination. Une nomination qui, d'abord, avait paru paradoxale, ahurissante à Josiane. Puis elle avait réfléchi : le réalisme commandait peut-être cela. Une fois à l'intérieur de l'édifice, il serait plus facile d'en étudier l'architecture, d'en mesurer la stabilité : après quoi, la démolir ne serait plus qu'un jeu d'enfant.

Cependant, à les voir boire comme des fous, manger comme des vicieux de l'appétit, dévoués au festin comme s'il n'y avait plus que cela, Josiane se demandait s'ils ne s'étaient pas définitivement embourbés, si leurs faibles protestations n'étaient pas les derniers soubresauts de gens qui avaient longtemps hésité entre la vie et la mort, qui n'avaient pas pu aller jusqu'au bout de leur hésitation ; qui s'étaient trouvés désarmés devant la vie, que la mort elle-même happait sans grande envie.

En eux, elle lisait comme dans un livre ouvert : leurs visages vides, leurs regards vaincus, leurs gestes pitoyables qui transpiraient la peur, leur personne fondante.

Elle écoutait leurs paroles butées, décelait leur pensée battue par la contradiction…

Un petit effluve de pitié parcourut Josiane. La jeune femme s'agrippa violemment au bras de son mari.

Chapitre 7

Un jour, Diouldé reçut un coup de téléphone de Gnawoulata. Celui-ci l'invitait à dîner en ville dans un petit restaurant où se rencontraient souvent les snobs de la ville. Il voulait lui présenter un ami. Diouldé s'était aussitôt demandé de quel genre d'ami il s'agissait. Sûrement un type qui se montrait capable d'aider Gnawoulata à mener ses florissantes affaires. Tout bon commerçant doit avoir une gamme d'amis bien placés, chacun à un poste vital.

L'homme qui lui fut présenté portait une petite tunique cola, un pantalon kaki légèrement moulant. Il portait aussi des lunettes. Il était svelte, au point de rappeler une girafe. On eût dit que son corps manquait de chair. Seuls ses petits yeux clignotants et sa foisonnante moustache semblaient vivre. Sinon, il exhalait un repos de momie, son corps entier était impassible, sans mouvement aucun. Un être de silence et d'inertie, qui glaçait l'atmosphère.

Quand il arriva et qu'il tendit la main, Diouldé eut le sentiment d'être transplanté sur les pôles : « Je salue l'ami de mon ami », avait-il dit. « J'en fais autant », avait répliqué Diouldé. « C'est de lui que je te parlais, avait dit Gnawoulata. Il s'appelle Daouda. Daouda, voici donc le frère dont je t'ai tant parlé. Mon frère Diouldé, Daouda est un ami de longue date. Bien des fois, j'ai pensé à vous présenter. C'est le manque de temps qui ne me l'a pas permis. Je m'en veux pour ça. Parce que je peux dire que vous êtes aujourd'hui, avec mes propres enfants, les personnes qui me sont les plus chères. Ce serait plus qu'une maladresse de connaître et d'estimer l'un et l'autre sans me faire le pont entre vous deux. Quel égoïsme si je gardais pour moi tout seul l'affection que j'ai de chacun de vous ! Je me suis dit que je devais partager. »

Ils mangèrent. Durant tout le repas, Daouda ne broncha. Son comportement frisait l'énigme et exaspérait Diouldé au plus haut point. Ce dernier fut réellement soulagé quand le repas prit fin et qu'ils se séparèrent.

Quelques jours plus tard, Gnawoulata les invitait de nouveau, mais cette fois chez lui. Diouldé s'y rendit, la mort dans l'âme. Il aurait volontiers renoncé à une nouvelle confrontation avec ce Daouda.

Mais il devait apprendre plus tard que ce n'était pas la dernière fois qu'il allait le rencontrer. L'homme de glace ne le quittait pratiquement plus. Diouldé ne réalisait pas encore avec quelle vitesse Daouda s'était glissé dans sa vie jusqu'à en devenir un élément naturel. Ils se retrouvaient à tous les repas, chez lui, chez Gnawoulata, ou chez Daouda, parfois même chez Soriba. Ensemble, ils allaient au cinéma ou à la danse. Et néanmoins, Diouldé n'était pas parvenu à deviner qui il était. Au comble de la curiosité, il s'en était enquis auprès de Gnawoulata ; celui-ci n'en savait pas davantage. Il avait avoué l'avoir lui-même demandé un jour à l'intéressé ; mais il n'en avait pas obtenu une réponse satisfaisante ; quelque chose comme technicien, dans les PTT, croyait-il avoir compris.

Par son côté énigmatique, Daouda ressemblait d'ailleurs étrangement au fou. Qui était-il ? Que faisait-il ? D'où venait-il ? On ne savait de lui que ce qu'il montrait inexorablement, sa froideur légendaire. Ce fut pénible pour Diouldé de traîner presque tout le temps un inconnu – oui, un inconnu – accroché à ses talons : même si le fraternel Gnawoulata le liait à cet inconnu.

À vrai dire, et sans qu'il puisse bien se l'expliquer, il devinait – il espérait plus qu'il ne devinait – toute une provision d'émotions et de bonté derrière cette façade de marbre. Daouda était peut-être un homme un peu trop bon ; mélancolique à l'excès. Sinon, ce devait être un garçon supportable, aimable même. À peine se connaissaient-ils qu'il avait fait cadeau d'un poste de radio à Râhi et d'un respectacle sachet de cola à Mère. Ce geste avait touché Diouldé à juste titre, et l'avait poussé à penser un peu de bien de Daouda.

Un jour, Daouda leur avait proposé de sortir de la ville. Il les avait conduits dans un petit village, à une soixantaine de kilomètres. Ils ne s'étaient pas arrêtés dans le petit village ; ils avaient continué, avaient emprunté un chemin interminable, coupant à travers une plantation de bananes ; ils avaient débouché devant une grande maison de style colonial. Autour de la maison s'étalaient plusieurs rangées de poulaillers, d'étables, de porcheries et une foule de travailleurs s'y occupait.

– Ceci est ma ferme, leur avait dit Daouda sans abandonner sa voix neutre.

Puis ils s'étaient mis à la visiter. Cela leur prit toute la matinée et au bout de la matinée, ils n'avaient pas encore tout visité.

– Pour visiter l'ensemble, il faudrait une journée entière, expliqua Daouda. Vous vous rendez compte, les poulaillers, les porcheries, les étables, la bananeraie, la goyaveraie, l'orangeraie ! D'ici vous ne pouvez même pas en imaginer toute l'étendue. J'ambitionne de faire une ananeraie et une palmeraie. Il me manque le terrain pour le moment. Vous voyez là-bas, là-bas où commence la colline, la terre est bonne là-bas. Mais il y a un pauvre bougre de villageois qui l'occupe, le doyen du village, qui se dit mandaté pour veiller à ce qu'il appelle l'héritage des ancêtres. J'ai maintes fois essayé de le raisonner, mais rien à faire, le charognard gémit et me dit que vendre sa terre, cela reviendrait à renier toute sa lignée ; il me fait tout un tralala occulte.

– Peut-être n'avez-vous pas proposé le bon prix, suggéra Gnawoulata.

– Si. Chaque fois que j'échoue, je reviens la fois suivante avec un prix supérieur. J'en suis maintenant à dix millions de francs. Et c'est juré, ceci est mon plafond.

– Que comptez-vous faire ? s'aventura Diouldé.

Daouda détourna la tête et ferma son visage,

regrettant sans doute de s'être laissé emporter par cette bouffée de volubilité.

Il se passa un bon moment sans que Diouldé ait l'occasion de revoir Daouda. Il alla voir Gnawoulata. Gnawoulata lui-même n'avait pas revu Daouda depuis leur randonnée. Mais il ne s'en inquiétait pas. D'après lui, Daouda devait être absorbé par quelque occupation ; on le reverrait bientôt, affirmait-il. Il n'oublie jamais ses amis.

Daouda revint en effet.

Il était minuit passé lorsque, un soir, donc, Gnawoulata tapa à la porte de Diouldé. Il bredouilla quelques excuses et attira son frère au-dehors en le prenant par le pan du pyjama. Dehors, une voiture attendait devant le portail. Diouldé reconnut Daouda qui fumait, le buste droit, les bras négligemment posés sur le volant. Daouda posa son regard sur lui et lui dit de sa voix neutre :

– Mon frère, excuse-moi pour cette impolitesse. Je voulais juste te demander un service.

– Lequel ? se dépêcha de demander Diouldé.

– T'affole pas. Ça n'a rien d'insolite. Je voudrais que Gnawoulata et toi m'accompagniez à la ferme. J'ai là-bas un travail urgent.

– Bien. Attendez-moi, je retourne m'habiller.

– Ta femme et ta mère sont-elles réveillées ? fit Daouda.

– Non.

– Bon. Alors, laisse-les dormir. En pyjama, tu ne dérangeras personne à cette heure.

– Mais…

Daouda avait brusquement ouvert la portière arrière de la voiture et montré le siège.

Le village était si sombre, la nuit si noire, qu'ils s'y trouvèrent sans avoir rien vu. Pourtant, le jour, il se laissait voir de très loin. On distinguait bien ses cases aux toits ronds ou pointus, essaimées à travers la plaine comme des termitières. Ils le traversèrent assez vite. Mais à peine l'eurent-ils dépassé que Daouda arrêta la voiture sur le petit chemin de sa ferme dans un crissement épouvantable de pneus. Les autres se dégagèrent de leur somnolence, surpris par cet arrêt. D'un geste extrêmement naturel, Daouda les invita à descendre. Ils se dirigèrent vers le village. Une énigme planait dans l'air, qui étouffait Diouldé. Il tenta de faire remarquer à Daouda qu'il était toujours en pyjama et ne voulait pas se montrer dans cette tenue ridicule.

– T'en fais pas. Ces corniauds ne savent pas faire la différence entre un pyjama et un costume de gala, lui déclara Daouda.

Ils suivirent les sentiers boueux, presque à tâtons, encore inhabitués à l'obscurité qui les couvrait. Après être passés devant de nombreuses cases, ils s'arrêtèrent devant une habitation plus basse que les autres : on l'eût dit plantée dans le sol. Daouda tapa trois fois à la porte, celle-ci s'ouvrit presque aussitôt. La personne qui en sortit les dirigea vers une autre maison située au centre du village. Le nouveau venu s'avança prudemment en tentant de faire taire un chien aboyeur et tapa doucement à la porte. Une quinte de toux se fit entendre, et une voix anxieuse s'enquit de ce qui arrivait.

– Il n'y a rien de grave, vieux Alkali, dit le nouveau venu. C'est moi, Abou. Je voudrais te voir. Mais, rassure-toi, il n'y a rien de grave.

– Quelqu'un est-il mort ? demanda la voix.

– Non, personne n'est mort, personne n'est malade. Je veux simplement te voir, vieux Alkali.

Le vieux Alkali consentit à ouvrir, il apparut sur le seuil. Il ne vit que Abou ; Daouda, Gnawoulata et Diouldé s'étaient mis à l'écart, derrière un plant de manioc, pour ne pas éveiller les soupçons du vieux. Celui-ci restait sous sa paillote, à la fois par prudence et pour éviter la fraîcheur du dehors.

– Approche, vieux Alkali, lui entonna Abou. Tu ne vas pas avoir peur de moi.

– Sûrement pas, répondit le vieux en avançant de quelques mètres, sans cependant quitter sa mine de vieille ruse et de naturelle prudence. Mais annonce donc l'objet de ta visite, je meurs de fatigue.

– J'ai ici des amis qui voudraient s'entretenir avec toi.

– Des amis à cette heure ?

– Tu ne vas pas penser que je vais t'amener un ennemi par cette heure du diable ? Je connais trop les liens qui t'ont uni à mon vieux père. Tu sais bien qu'avant de mourir, il m'avait recommandé de te considérer comme je le considérais lui-même. Peut-être ne t'ai-je pas toujours aimé et respecté comme je le devais, mais cela ne dit pas que je te veuille du mal. Mes amis sont à quelques mètres d'ici. Ils n'ont pas voulu déranger toute ta famille à cette heure.

– Et que me veulent-ils tes amis, jeunot ?

– Ils te le diront mieux que moi.

Quand le vieux Alkali consentit à sortir et vit Daouda, une sombre colère apparut sur son visage.

– C'est toi qui arraches un vieillard de son lit à cette heure ? C'est que tu n'as plus le sens du respect, sinon celui de tes biens. Je vais te dire et je veux que tu saches que c'est mon dernier mot : cette terre est plus qu'un héritage, c'est le message lointain de générations et de générations d'hommes ; il faudra m'y enterrer avant d'en prendre un lopin.

– Ne te vexe pas, respectable vieillard. Si je veux de ta terre, ce n'est pas pour moi, c'est pour tout le monde, pour le pays. Regarde : tu cultives avec une houe. Combien de litres de sueur, et pendant combien de mois, déverses-tu pour seulement labourer ? Tu ne peux pas compter. Tandis qu'avec des machines, des ouvriers, des engrais comme je peux le faire, on peut en tirer tout : tout ce qu'il faut pour nourrir les hordes d'affamés que compte le pays ; sois raisonnable : je monte le prix jusqu'à douze millions de francs. Parle à tes hommes. L'hivernage, c'est dans un mois, et il faut que je débute pour la première pluie.

– Jeune homme, n'as-tu rien compris ? tonna le vieux. Es-tu donc si éloigné de la compréhension ? (Une écume de salive apparut au coin de ses lèvres grises. Il s'arc-bouta sur son bâton et s'éloigna clopin-clopant.)

– Abou, dit Daouda en appuyant son appel par un clin d'œil.

Abou se saisit d'un morceau de bois parmi les fagots que les villageois avaient entassés pour leur cuisine. Il rattrapa le vieux, sans bruit, et lui assena un coup sur la nuque. Au même moment, Daouda et Gnawoulata arrivèrent à la rescousse et cueillirent le vieillard. Diouldé, hébété, n'avait pas bougé : avec la même assurance et le même ton neutre que d'habitude, Daouda lui commanda de venir à l'aide.

Le vieux Alkali était lourd. Ce fut difficile de le traîner jusqu'à la voiture, de le coucher sur la banquette arrière sans éveiller les soupçons. Dans la ferme, le malheureux mit une bonne demi-heure avant de revenir à lui.

Quant à Diouldé, il était littéralement assommé par ce qu'il venait de voir : ce n'était pas le vieux Alkali qui avait reçu le coup, c'était lui. Il fumait cigarette sur cigarette, se servant de son briquet avec une main frétillante comme un poisson en capture. Ce qui le bouleversait encore plus, c'était l'impassibilité monumentale de Daouda. Gnawoulata lui-même paraissait tranquille, la conscience paisible.

Une goutte de sang perlait dans une narine du vieux Alkali ; avec des yeux d'enfant, il regardait les quatre hommes silencieux devant lui.

– Peut-être que l'on pourra mieux discuter maintenant, vieux, lui dit Daouda. Te décides-tu enfin à accepter les douze millions ?

– Je ne prendrai rien. J'ai bien dit qu'il te faudra m'y enterrer avant. Ton argent, donne-le aux termites.

– Tu es têtu, mon vieux père, ce sera fait comme tu l'auras voulu.

Un autre clin d'œil de Daouda. Abou prit le vieillard par le collet ; ils sortirent tous et gagnèrent le pied de la colline. Comme s'il savait où il allait, le vieux Alkali se laissa aller au camp de la résignation ; ce camp au-delà de la peur, et qui vous donne une sorte de *sur-assurance* ; c'est tout serein qu'il arriva au pied de la colline. Un instant seulement, il s'était arrêté pour regarder Abou et lui dire :

– Héee, tu es une mauvaise graine. J'ai eu raison de croire que tu ne portais pas la bénédiction. C'est ta bouche qui me l'a toujours fait croire ; jamais, dans le village, quelqu'un n'avait eu une bouche aussi large.

Alors, Daouda lui avait dit de la boucler :

– Puisque tu ne veux pas de millions, Abou, lui, les prendra. Je sais qu'après toi, c'est lui qui aura le pouvoir moral dans le village : je suis informé, donc.

Le vieux Alkali n'eut pas le temps de dire le mot de surprise et de dégoût qu'il s'apprêtait à dire ; une fois de plus, le bois d'Abou s'abattit sur sa nuque, avec plus de force et de précision cette fois. Là où il tomba, les quatre hommes firent un trou et l'enterrèrent.

Personne ne dit mot, ils regagnèrent la ferme. Là encore, ils demeurèrent longtemps silencieux. Daouda se leva et déclara :

– Il reste entendu que personne n'a rien vu. Rien n'attire autant d'ennuis à un homme que sa langue.

Il planta droit ses yeux laiteux et immobiles dans ceux de Diouldé :

– Toi, le nouveau, c'est à toi surtout que je m'adresse. Sache bien que rien de ce qu'on dit ni de ce qu'on fait ne m'échappe. Les gens sont trop cons pour ne pas raconter ce qu'ils savent, surtout ce qu'on leur a demandé de taire. Aussi, cela finit toujours par arriver aux oreilles de Daouda. Tu n'as rien vu, rien entendu : n'oublie pas que tu as une femme et une mère.

Il faisait pleinement jour lorsque Diouldé fut déposé chez lui. Il gagna sa maison en titubant, son pyjama carrément mouillé par la sueur. Quand il ouvrit sa porte, il faillit succomber en voyant Râhi et Mère au milieu du salon, devisant à voix basse.

– Que t'arrive-t-il, Diouldé ? lui demande Râhi d'une voix de détresse.

– Rien ne m'arrive, répondit-il mécaniquement.

– Ah oui ! Nous avons remarqué ton absence en pleine nuit. Nous t'avons cherché dans toute la maison.

– J'étais dans la cour.

– Sûrement pas. Nous t'y avons recherché même sous les graviers.

– En fait, j'étais sorti prendre l'air. Je suis malade. Ça ne se voit donc pas ? dit-il d'un ton dolent. Laissez-moi plutôt me coucher.

– Vas-y, couche-toi. Je vais appeler un médecin.

– Pas de médecin, hurla-t-il. Je…

Il ne termina pas sa phrase, il s'affala sur la moquette et vomit un liquide épais et verdâtre.

Chapitre 8

Diouldé ne comprenait rien à rien. Ce qui lui arrivait, il le réalisait à peine. Comme il souhaitait que tout cela fût un songe ! Que le réveil se fît enfin pour le remettre dans la tranquille réalité qui était la sienne… Il lui advint même de rêver qu'il rêvait. Ce genre de rêve était maintenant le seul moment vivable de sa vie. Le reste était si morne, si invraisemblable ! Si, au moins, il pouvait oublier. Mais non, ce pauvre vieux dodelinant en train de s'affaler, il le revoyait sans fin. Si, au moins, il pouvait se confier, partager ce sordide secret. Il se serait senti moins oppressé. L'envie ne le quittait pas de mettre au moins Râhi dans son secret : le regard globuleux de Daouda, son regard de blanc d'œuf cuit l'en dissuadait. Il s'essayait de se donner vide et libre à la vie quotidienne. Nenni, il s'en sentait plus que jamais arraché, au point que bien des choses lui paraissaient maintenant d'une banalité singulière.

Ces jours, il avait reçu une lettre de son père : « C'est la troisième fois que je t'envoie une lettre sans aucune réponse de ta part. Je sais qu'il y a longtemps que j'aurais dû simplement me détourner de toi, te laisser à ton insouciance, à ta vie de garçon perverti. Que me prend-il de t'écrire ? Ce n'est pas la première fois que tu refuses de me répondre. Ce n'est pas la première fois que tu agis pour me faire mal, rien que pour me faire mal, c'est ça ? Regarde : il y a bientôt un an que ta mère est là-bas ; tu ne veux pas qu'elle revienne m'aider au champ. C'est pourtant bientôt l'hivernage, tu le sais. Qui va m'aider ? Tu ne m'enverras même pas de l'argent pour acheter une charrue, pour louer des hommes, pour refaire l'enclos. Je sais que tu ne m'enverras rien… » Il avait lu cette lettre en diagonale. Dieu sait pourtant que, quelques jours plus tôt, il aurait senti la verve hargneuse de cette lettre comme une lame tranchante entrant dans sa chair.

Son air égaré, ses membres flageolants, son allure vieillissante n'échappaient ni à Râhi ni à Mère.

« Le paludisme ne peut pas seul faire ça, pleurnichait Mère en palpant son corps amaigri. Il y a un problème là-dessous, disait-elle avec un flair aiguisé par l'expérience. Serait-ce ton travail ? Quelqu'un t'a-t-il fait du mal là-bas ? Ah, je vois ! Quelque chose ne va pas entre tes amis et toi. Il y a longtemps que tu ne vas plus les voir. Tu ne crois pas que, depuis que tu connais Gnawoulata, tu les lâches un peu, non ? »

Elle croyait fermement, Mère, avoir touché le nœud du problème, parce que Diouldé sortait de ses gonds quand elle disait cela. En vérité, c'était parce qu'il s'en voulait à mort de négliger ainsi ses copains. Mais quoi ? Il redoutait, en fréquentant trop chez Soriba, d'attirer la méfiance de Daouda :

celui-ci aurait eu l'occasion d'imaginer n'importe quoi. Il savait maintenant qu'il lui fallait, avec cet homme, s'attendre à tout.

C'est par une autre nuit que Daouda s'annonça de nouveau. Le même scénario : Gnawoulata avait réveillé Diouldé de la même manière. Mais, cette fois, on lui avait permis de s'habiller et on lui avait suggéré de prétexter qu'un enfant de Gnawoulata était malade pour rassurer Râhi et Mère.

– Nous n'en aurons pas pour longtemps. Juste le temps d'une petite discussion. Nous resterons donc en ville et prendrons un verre, dit Daouda.

Gnawoulata passa directement au comptoir et commanda trois verres de whisky, tandis que Daouda et Diouldé occupaient une table isolée.

– Je disais donc que nous n'en aurons pas pour longtemps, commença Daouda après avoir tiré une bonne rasade de whisky. Le problème est simple, n'est-ce pas, Gnawoulata ?

– Plus que simple, c'est vrai.

– Plus que simple, reprit Daouda, en essayant de rire.

Il était encore moins sympathique que s'il ne riait pas. L'humour lui allait décidément comme une tenue de deuil.

– Tu as goûté au fruit en quelque sorte, Diouldé. Et qui y goûte une fois y goûtera toujours. Tu es devenu un témoin qui ne peut plus en rester là ; à long terme, tu pourrais devenir dangereux. Alors, on ne peut plus te laisser en dehors. Considère-toi donc comme intégré. J'ai même un petit tuyau pour toi. Votre bande ne nous effraie pas, c'est vrai. Vous n'avez ni l'engagement qu'il faut, ni l'art de manier les foules pour constituer un danger pour nous. Mais, mon vieux, il y a un facteur qui compte beaucoup, c'est le contexte. Vous avez l'air si ambigus, si hésitants, si paniquards, que la conjoncture peut vous influencer dangereusement. C'est pourquoi il faut vous neutraliser aujourd'hui avant que cela n'arrive demain.

– Neutraliser ?

– Le moyen n'a pas grande importance. Vous exiler, vous emprisonner, vous exécuter ou vous *intégrer* revient au même. Mais, venons-en au fait : il y a des choses pas très catholiques qui se trament dans votre groupe ; je peux même dire des choses très graves, un complot ! Nous en connaissons l'âme et les plans. Les sinistres acteurs de cette machination en sont au début de leur projet, nous le savons. Peut-être que toi aussi tu le sais, peut-être même en fais-tu partie ?

– Héeeeeeeeeh !

– Pour ce qui est de ton cas, on peut encore discuter. Si tu ne fais partie de ce complot, tant mieux, ta confiance grandit à mes yeux. Si tu en fais partie, je te tends une perche, saute là-dessus. Dans l'un comme dans l'autre cas, nos relations y gagneront.

« Je reprends donc : nous connaissons l'âme de ce complot, cette âme c'est Soriba. C'est lui qui en a eu l'idée, c'est lui qui en a fait le plan ; nous en avons des copies. Il compte d'abord sur votre groupe, les techniciens comme on dit, ensuite quelques militaires. Mais, nous l'attendons au tournant. Nous avons les noms de tous les comploteurs probables…

Là, Diouldé n'avait plus peur, il avait dû épuiser sa réserve de peur et d'angoisse. Il écoutait et regardait son interlocuteur, simplement abasourdi, irréel, comme soumis au magnétisme d'un magicien prodigieux.

– Leur projet est d'assassiner le chef de l'État, le président Sâ Matrak. Ils ne se décident pas encore à fixer le lieu et la date. Il faut les devancer, les pousser à sortir de l'ombre, à découvrir leurs plans et frapper au bon moment. Diouldé ! tu connais le groupe, tu connais Soriba. Tu dois nous aider. Il te revient de les pousser à sortir de l'ombre. Fais-moi un rapport sur tout ce que tu connais de ce type. Je veux connaître sa vie privée, ses goûts, ses idées, ses faiblesses. Comment a-t-il connu sa femme ? Tout. Téléphone-moi quand tu le crois nécessaire.

Daouda se leva et tendit à Diouldé un morceau de papier froissé sur lequel était inscrit un numéro de téléphone avec de gros chiffres.

Chapitre 9

Comme d'habitude, Diouldé était rentré du bureau, veule, peu motivé par une vie qui n'en était plus une. Souley s'occupait à terminer la cuisine, Râhi à dresser la table, Mère à prier et à tousser. Il s'était dirigé vers la salle de bains. Il s'était savonné, lavé, baigné un nombre incalculable de fois ; maintenant, il utilisait sa baignoire moins pour se rendre propre que pour s'isoler, dégoûté des autres et de lui-même. Râhi dut taper à la porte avec insistance pour l'amener à sortir, à s'habiller et à se mettre à table. Il y avait longtemps qu'il n'était plus en mesure d'apprécier la saveur d'un repas ; ni même de sentir les brûlures de la faim. S'il mangeait, c'était pour éviter les fatales supplications de Râhi et de Mère. Et quel effort cela ne lui coûtait-il pas !

Il en était à se demander comment il arriverait au bout de son plat lorsque Râhi alluma la radio. Ce qu'il entendit était loin d'ajouter à son appétit : « Très chers compatriotes, aujourd'hui, le devant de l'actualité est occupé par un événement grave, très grave. Qui l'eût cru ? Qui l'eût seulement imaginé ? Pendant que notre peuple entier serre les rangs derrière Sâ Matrak, notre illustre président, et s'en va à l'assaut du progrès et de la liberté, des individus obscurs, des créatures nées par hasard sur notre sol maternel rampent dans l'ombre, élaborent des plans machiavéliques contre notre pays, notre peuple, notre cher président.

« Que se passe-t-il ?

« Un groupuscule, sournoisement infiltré dans nos rangs, a dangereusement gravi les marches de notre démocratie révolutionnaire jusqu'à y occuper des postes de la plus haute importance, ceci pour perpétrer des crimes contre nos valeureux dirigeants, abattre notre démocratie révolutionnaire et remettre le pays sous le joug de l'impérialisme international.

« Voici les faits : la vigilance de nos forces de sécurité a permis de découvrir hier un important stock d'armes chez Soriba, haut fonctionnaire au ministère des Affaires étrangères.

« Mais qui est Soriba ? C'est cet élève médiocre qui échoua deux fois au baccalauréat avant de réussir celui-ci et de bénéficier d'une bourse d'études en Allemagne dans le cadre du noble programme de scolarisation entrepris par le gouvernement sous l'égide de notre chef immortel. Peu enclin aux études, il y mena une véritable vie de débauche et réussit avec mille difficultés un diplôme d'économie. De son propre aveu, on sait maintenant que c'est quand il faisait ses études dans ce pays qu'il fut recruté par les services secrets d'une puissance très grande. Son passé scolaire peu brillant et le peu de confiance qu'il suscitait du fait de ses fréquentations douteuses n'empêchèrent pas nos dirigeants de lui conférer la haute responsabilité qu'il occupait.

« Mais, chers compatriotes, un proverbe bien de chez nous dit : "On ne peut changer les longues oreilles du lièvre." Le traître vient de dévoiler son vrai visage. Le peuple, tout le peuple ne tardera pas à lui infliger la juste sanction qu'il mérite. Nous sommes déjà sûrs que la vigilance et la lucidité de ceux qui ont la lourde mission de nous conduire au bonheur ne failliront pas à cette volonté du peuple. »

Râhi regardait Diouldé, cherchait sur le visage de Diouldé une explication sinon un démenti à cette horreur. Mais, lui, il échappait aux lueurs suppliantes de son regard, se détournait, fugitif, recroquevillé, mais pas surpris, elle l'avait remarqué.

– Diouldé ! lui cria-t-elle.

Lui, restait dans son coin.

– Réponds, hurla-t-elle de toute la force de ses poumons.

Lui, ne faisait pas attention à elle, semblait ne rien entendre, absent, comme transporté dans un autre monde où une force surnaturelle le subjuguait.

Elle s'abattit sur lui, lui tapota les joues, lui secoua la tête, lui tira les cheveux. Maintenant, sa peur était pour lui. Pour la première fois, elle le voyait dans un état pareil.

Mère, attirée de sa chambre par le bruit, arriva au salon et n'en crut pas ses yeux de ce qu'elle voyait : Diouldé étendu sur le plancher, le front en sueur ; Râhi couchée sur lui en train de lui faire le « bouche à bouche » pour le ranimer en disant entre deux souffles : « Les chiens ont arrêté Soriba !… »

Les semaines qui suivirent ne changèrent rien aux inquiétudes, aux frayeurs. Les gens marchaient dans les rues, la tête chaque jour plus basse, l'espoir court, le derrière maigre.

Des groupes se formaient au coin d'une rue, au centre d'une place, qui se disloquaient en ombres passagères derrière un mur, dans une bicoque.

Les rumeurs circulaient, plus obscures et plus informes que les ombres qui les lançaient, saupoudrant à travers la ville le sel d'imagination que chacun y avait ajouté : « Tel est arrêté, tel autre le sera dès le soir. Tel village s'est soulevé, telle province veut faire sécession… »

On se chuchotait les combines. Comment trouver un litre d'huile. Comment dénicher une pièce de tissu, quelques morceaux de sucre, des tablettes de savon. « Il reste un peu de riz chez Mamadou. Il vient de m'en vendre à l'instant. Vas-y vite avant que cela ne finisse et que le prix ne t'échappe. Et n'oublie pas que je ne t'ai rien dit. Si tu fais une gaffe, ce sera tant pis pour toi. »

Rien de nouveau pour Diouldé. La vie chez lui se résumait au boulot, aux repas et aux prières de Mère.

Râhi chercha à voir Mâmata sans succès : dans la villa, il ne restait que le boy qui, après qu'elle eut insisté, finit par lui dire : « Le lendemain du passage des policiers, madame a fait sa valise et est partie en pleurant. Elle m'a dit de ne rien dire à personne… Moi-même je dois partir : un policier est venu ce matin prendre les meubles ; il m'a dit que je n'avais plus rien à foutre ici et de ne pas tarder à partir si je tenais à ma peau. »

Râhi en avait conclu à la fugue de Mâmata : « Brave femme, se dit-elle. C'est vrai, quel intérêt de vivre ici après des choses si moches ! Et quel courage de braver ainsi l'aventure ! Qu'aurais-je fait à sa place ? » Un gouffre s'ouvrit à ses pieds. Elle se prit la tête et s'affala sur la chaussée, sous les pieds du fou qui s'apprêtait à gagner le fossé.

Il se révéla que le complot était une énorme manœuvre, une pieuvre aux tentacules infinis, faits de milliers et de milliers d'hommes dont on arrêtait chaque jour une poignée.

Tel travaillait le plus normalement du monde, lorsque les flics lui mettaient le grappin dessus, se moquant de son air étonné ; absorbé par le travail, le malheureux n'avait pas écouté, quelques minutes plus tôt, la radio où un accusé, déposant sur ses prétendus crimes et complices, l'avait dénoncé. Tel autre se douchait lorsque des galonnés venaient le prendre… Ce forgeron, extirpé d'un petit village de brousse, confessait sur les ondes, presque avec joie, l'ignominie avec laquelle il avait reçu des milliers de dollars pour fabriquer dans sa ténébreuse forge un canon destiné à arroser le cortège du président… Telle sexagénaire racontait comment elle avait reçu l'ordre de farcir de poison des oranges à offrir à l'inqualifiable président Sâ Matrak…

Et le riz et le sel et le sucre se raréfiaient encore plus… Et les rues se crevassaient… Et les murs se fendillaient… Et les clôtures se fissuraient… Et les pas s'alourdissaient… Et les voix baissaient…

« L'ex-médecin Pêtè, ce charlatan de l'impérialisme, était vendu. »

Les nuits n'avaient plus de fraîcheur ; plus qu'une masse de peur et d'angoisse dans leur linceul noir…

« C'est Kerfala, ce luron crapuleux, qui était le trésorier des comploteurs… »

Dans l'air, aucune note joyeuse ; pas un son musical ; aucun écho de rire…

« L'ignoble Bôri a tenté de se suicider pendant qu'on le mettait hors d'état de nuire. »

Le vrombissement geignard d'une automobile… Le pleur crissant d'un enfant…

« Il faut stigmatiser le rôle ignoble de Tiéba tout au long de ce complot… »

Une femmelette marchait, sortant d'un ministère, le derrière rond, un mouchoir de tête agressif sur la tête, le sourire satisfait et insolent : devant elle, un portefaix pousse un fût d'huile. Les regards envieux qui partent sur elle comme une fournée de flèches ne modifient ni sa démarche ni son sourire.

« Le dernier venu de cette horde de conspirateurs, Sadio, a été arrêté hier… »

Le jour où fut annoncée l'arrestation de Sadio, Gnawoulata téléphona à Diouldé pour lui apprendre que, de plus, Josiane allait être expulsée.

– Tu comprends, avait murmuré le bon Gnawoulata, ils disent qu'elle n'a plus rien à foutre ici.

– Elle avait fini par bien se faire ici, tout de même, protesta mollement Diouldé.

– Le titre de compagne de comploteur ne lui sera pas d'une grande utilité, tu sais.

– Il ne sera évidemment pas prudent d'aller la voir ?

– Tu y penses, toi ?

– La date de son départ ?

– Demain, par l'avion de dix heures.

Diouldé s'en fut tôt à l'aéroport. Sitôt arrivé dans le hall, il s'installa dans un coin, choisi pour ne pas être vu et pour pouvoir observer la porte d'entrée. Il n'avait pas pu résister à la poussée intérieure qui l'avait amené là : voir Josiane partir, et cette idée l'avait obsédé comme un vice.

Josiane apparut, son bébé de dix-huit mois dans les bras, suivie de près par deux gorilles armés. Sa peau était si blanche qu'on l'eût cru vidée de son sang. Elle avançait comme une somnambule, sans vie, sans volonté, sans rythme propre, au rythme ordonné des gendarmes.

La scène arracha Diouldé de son siège, et il se mit à suivre de loin cette femme, répétant comme un mauvais élève ses pas d'automate. À travers l'épais brouillard qui avait couvert sa vue, il entrevit cette scène : un gendarme arrachant l'enfant des mains de Josiane. Il ne comprit ce qui arrivait que lorsque le gendarme, tenant tant bien que mal l'enfant, tentant d'étouffer ses pleurs et d'arrêter ses violentes gesticulations, se mit à se diriger à grands pas vers une ambulance garée au-dehors. Une nurse ou une infirmière, en tout cas une femme portant une blouse blanche, prit le marmot des mains du gendarme et s'engouffra avec dans le véhicule. La silhouette de Josiane se figea, tel un fantôme. Mille images du passé interférèrent avec cette scène macabre dans l'esprit de Diouldé. Et ce fut pour lui presque un soulagement lorsque la jeune femme entreprit de gravir les marches de la passerelle. Il sentit un picotement au cœur lorsqu'il vit son ombre lasse se détourner une dernière fois. L'ambulance cependant était déjà partie.

Jusqu'au jour où…

Daouda disparut complètement de la circulation. Derrière les dépositions lasses et monocordes que la radio distillait, on sentait toutefois sa présence. Diouldé savait maintenant lire ces aveux comme un technicien dûment formé déchiffre un code.

C'est la surprise du supplicié qu'il devinait d'abord : un père de famille soucieux de sa routine familiale, armé du seul dessein de pourvoir au grain de sa progéniture ou, qui sait, un jeune homme joyeux, la tête folle d'une candide inconscience, avec des yeux d'âtre d'où jaillissent les flammes d'un féroce désir de vivre ; rien que ça, vivre, plonger corps et âme dans la fournaise de la vie avec toute la fougue et l'impudeur de sa jeunesse, avec toute la force de sa vitalité. Ce vieil homme, ou ce jeune homme, boit du lait peut-être, joue aux cartes, fait l'amour ou mouche son rejeton en écoutant distraitement la radio : soudain, son esprit part en feu, un accusé a toussé, s'est présenté, a fait ses aveux, l'a dénoncé comme complice. Il est facile pour Diouldé de suivre à partir de là le cours fatidique de l'homme : la source de brûlures qui a pris naissance au creux de son ventre, les décharges d'angoisse qui l'ébranlent de haut en bas, la surprise dont il ne reviendra plus jamais, l'attente de la brutale et inévitable visite des gendarmes, les menottes, le coup de brodequin expert qui l'embarque dans la jeep, la vitesse vertigineuse de cette jeep et son lugubre coup de sirène. Arrive la partie du voyage à laquelle Diouldé songe de la façon la plus furtive, mais cela suffit pour le mouiller de sa propre sueur. Cette partie du voyage, c'est l'antichambre de la mort, le lieu et le moment où vous devenez lointain, où l'on ne vous évoque plus, sinon par le passé. Vous n'êtes peut-être pas mort, mais c'est tout comme puisque vous êtes dans une cellule qui rappelle une tombe, que votre sort ne dépend plus que d'une machine dont vous avez souvent entendu le vrombissement, senti l'odeur de fumée : une machine simple et bien rodée qui tue et qui ensevelit.

Quel est donc cet absurde destin qui broie des hommes, encore des hommes ? Pourquoi tant de gens sont-ils victimes de ces manœuvres sans génie ? Seraient-ils mutilés du cerveau, ces hommes qui butent sur la même pierre où, quelques instants plus tôt, d'autres ont buté de la même manière ?

Par une nuit sans lune, ce ne fut pas Daouda qui vint, mais trois hommes. Là aussi, sa présence se manifestait, dans le plein calme de la nuit, comme lui inerte et sombre, ainsi que sur les visages porteurs de mort des visiteurs. Diouldé dormait lorsqu'on tapa à la porte avec quelque chose de dur : sûrement des crosses de fusil. On venait pour lui… Ses réactions furent calmes et même empreintes de quelque intelligence : il s'habilla doucement, doucement réveilla Râhi et Mère. Les coups redoublaient, la porte geignait sous ses malheurs. Lui, réunit son petit conseil de famille : « Tu iras à la banque, Râhi, tu retireras tout, tu enverras un peu pour père, pour la prochaine *tabaski* ; vous utiliserez le reste pour que vous ne manquiez de rien. Je ne veux pas que vous pleuriez. D'ailleurs, vous verrez, Dieu ne nous lâchera pas ainsi, n'est-ce pas, Mère ? »

Ce Dieu qu'il n'avait pas invoqué depuis si longtemps !

Chapitre 10

– Fille, tu es bien la femme de Môdi Diouldé ?

– Oui, répondit Râhi.

Le vieillard se mordit la barbe et se dégagea la voix par une toux bienvenue.

– Ne t'inquiète pas, fille. Il n'y a rien de grave.

– Que Dieu le veuille ainsi, dit Râhi, avec une anxieuse curiosité.

– J'ai à te parler, fille. Rentrons. Ce n'est pas un grand secret, mais la sagesse, qui est discrétion, recommande de ne pas parler dehors, même quand il s'agit de choses banales.

Râhi tressauta et baissa la tête, honteuse de n'avoir pas tout de suite fait entrer le vieillard ; l'ayant débarrassé de son baluchon jaune et d'un coq rouge, elle l'invita à la suivre à l'intérieur de la maison.

Mère, de sa chambre où elle était maintenant tenue de rester, les entendit ; elle s'en prit violemment à la porte et se mit à hurler :

– La fille du diable a vendu mon fils aux hyènes. Maudite graine, sais-tu ce que vaut un fils ? Tu m'enfermes, tu veux me brûler. Quelqu'un m'entend-il ?

Personne qui m'entende ? Qu'on me libère, qu'on brûle cette sorcière. Toi qui es là, rends-moi mon fils. Dis à ceux qui l'ont acheté que j'ai de quoi le leur reprendre. Je vendrai mes bœufs, mes boucles d'oreille…

Râhi et le vieillard s'étaient installés au salon : à l'ouïe du vacarme de Mère, le vieillard dressa l'oreille comme un chien de chasse entendant le frou-frou du gibier.

– C'est elle ? demanda-t-il.

– C'est ma belle-mère.

– Oui, je sais. Je viens de Bouroûrè. Je suis Karamoko Lamine. C'est Alfâ Bâkar qui m'envoie. Fille, voici sa lettre.

Râhi déplia le papier bruni. Comme elle le redoutait, Alfâ Bâkar avait lui-même écrit la lettre en poular au lieu de se la faire écrire par un scribe sachant jargonner le français. Râhi n'était plus habituée à l'écriture du village ; elle dut faire un sérieux effort pour déchiffrer les caractères arabes et comprendre le message : « Moi, Alfâ Bâkar à Bouroûrè, j'écris à ma belle-fille et à tous ceux qui lui sont proches là-bas en ville. Je me porte bien. J'ai bien reçu la lettre de ma belle-fille. Celui qui me l'a lue m'a appris ce qui se passe pour Diouldé mon fils. Il m'a dit aussi ce qui se passe pour beaucoup de personnes. Moi, je dis que l'époque se perd puisque les gens ne prient plus.

« J'ai appris aussi que Mère de Diouldé est malade, qu'elle n'a plus son esprit à cause de ce qui se passe pour Diouldé. Au nom de Dieu et pour lui, j'envoie Karamoko Lamine. Karamoko Lamine est un homme auquel Dieu a confié beaucoup de choses. Grâce à Dieu, qu'il aime et sert bien, il ouvrira le bon chemin pour Diouldé. Grâce à Dieu, il guérira Mère de Diouldé. Si le petit mal de Mère de Diouldé persiste, que Karamoko Lamine la ramène ici. Je dis à ma belle-fille, je dis à ses proches de recevoir Karamoko Lamine comme si c'était moi-même. Je dis de lui accorder respect et attention. Je prie nuit et jour, tout le monde ici prie nuit et jour pour que la poussière qui commence à couvrir notre chemin aille avec le vent. »

– Tu as bien lu, fille ? demanda Karamoko Lamine.

– J'ai bien lu. J'ai bien compris. Cette demeure est la vôtre.

– Merci, fille. Je ferai ce que je pourrai, tout ce que je pourrai. Aie seulement confiance. Le reste est l'affaire de Dieu. Et Dieu ne torture pas ceux qui savent l'aimer. Fille, Alfâ Bâkar est un homme rompu à la servitude du ciel pour que les siens peinent : quant à moi, j'ai l'habitude de ce genre de choses. Mes prières ont déjà fait des heureux.

Karamoko Lamine prit les lieux. Il mit son baluchon dans un coin, sa peau de mouton au milieu du salon, ses crachats, ses poux, ses pieds sales et sa morve partout dans la maison.

Il s'enfermait avec Mère. Il entonnait ses débilités incantatoires. Sa voix emplissait la maison, brassant des mots âpres, effrayants, au son bizarre, à la signification percée de puits de mystère. Il tissait ses litanies, les brodant à l'occulte le plus noir…

Mère ne guérissait pas…

Après ses rites, il se faisait servir. Il mangeait à n'importe quelle heure. Ses mains dégarnies fouinaient sans cesse dans les plats, ramenant de grosses boules. Quelques grains lui collaient à la barbe.

Il toussait une bonne partie de la journée avant de se retirer dans de longues prières qui le coupaient du reste du monde. Les genoux repliés, le buste figé, comme une millénaire statue, la tête haute, il ne semblait plus voir les va-et-vient de Râhi vaquant à ses occupations, ses pas nerveusement pressés (peut-être du fait d'une telle obscure présence). Il ne semblait pas non plus entendre le monologue de Mère dans son délire et sa folie.

Sinon, il marchait, caressant son chapelet plus qu'il ne l'égrenait, toujours emmuré dans un silence infranchissable.

Excédée, Râhi finit par lui dire un jour :

– Karamoko, si le travail de Dieu est aussi prenant que vous me le faites voir, il y a lieu de plaindre les saints et les prophètes.

Lui, coupa l'air de sa main et dit avec sa voix faible et atone :

– Il y a d'autres à plaindre. Ce sont ceux qui sommeillent dans le confort de la paresse : les nombreux égoïstes, les mécréants, les égarés, entièrement tournés vers les choses futiles du jour et qui ne voient plus Demain. Mais Demain, le Créateur nous appellera tous : à sa main gauche, iront les heureux Éternels, ceux qui ont donné leur temps, leur sang, leur sueur et leur douleur à ce qui en vaut la peine.

« Fille, toi qui es d'une famille si noble, si religieuse, tu seras bien à la main gauche de Dieu Demain, n'est-ce pas ?

– J'espère.

– Il ne dépendra que de toi, fille. Je vois bien tes nombreuses occupations ; mais cela ne doit pas t'empêcher de mériter le bonheur de Demain. Quelques brefs moments suffisent à un homme pour se libérer de ses dettes à l'égard de Dieu, quelques brefs moments de prière.

Il dévoilait Râhi avec un regard mi-sévère, mi-gentillet avec un petit fond de réprobation fort enquiquinant.

– Vous ne le savez peut-être pas, dit Râhi, mais je prie quand même.

– C'est une chose que nous devons tous, fille. Prions aujourd'hui, prions demain, prions toujours. Nous ne nous en mordrons pas le doigt.

Depuis cette ennuyeuse conversation, Râhi sut trouver le temps de prier. Elle le faisait au grand su du marabout ; non seulement pour éviter les sempiternels sermons mais, surtout, pour se prémunir contre la langue du vieux pouilleux.

Karamoko Lamine, se disait Râhi, devait employer le temps qui lui restait en dehors des prières pour la parlote. Et que dit un vieux fanatique à la vie simplette et vide d'aventures, sinon des propos médisants ? Que ce serviteur du ciel aille piailler sur son hospitalité ou son art culinaire ne plaisait nullement à Râhi ! Elle redoutait surtout qu'il ne parle de sa disponibilité religieuse à son beau-père, à tout Bouroûrè. Cette dernière éventualité même lui aurait paru sans importance si elle n'avait connu le fanatisme résolu de son beau-père, l'intolérance sans borne de Bouroûrè.

« C'est la deuxième fois que tel manque à la prière du vendredi. » « Pâtè ne prie jamais haut, connaît-il vraiment ses versets ? » « Dieu m'a donné à voir que Abdoulaye faisait mal ses ablutions, je juuuure ! », voilà ce qu'on entendait dans les sentiers, au marché et dans les cases de Bouroûrè. Si Karamoko Lamine s'y mettait sur le compte de Râhi, quelqu'un le dirait à son beau-père qui le dirait à un autre, qui le dirait à son père qui s'en prendrait à sa mère qui mourrait de coups et de honte.

Elle se mit donc à prier autant qu'elle le put, maudissant en son for intérieur les chevaliers de la sainteté et ce bougre de marabout guérisseur.

Quel enfer elle vivait, d'ailleurs, depuis que ce charlatan avait élu domicile chez elle ! Il lui fallait supporter son odeur de cadavre ! « S'est-il donc jamais lavé ? » se disait-elle chaque fois qu'elle se trouvait devant ce corps crotteux où les gales et les plaies foisonnaient à qui mieux mieux. Ses doigts de rat, ses ongles manière de griffes, quel horrible rebut !

Suffisant et ombrageux, royal et autoritaire en plus, ce Karamoko Lamine ! Lui donnait-elle du poisson ? Il faisait remarquer le danger de ces *arêtes*. Lui donnait-elle du lait ? Il pleurnichait qu'à Bouroûrè, on ne mangeait que ça. De la viande pour ce seigneur freluquet et cochonneux, sans richesse ni pouvoir autre que le son mercantile de ses versets ? Non, la viande, c'est bien, parfois, mais à la longue cela fatigue et *sèche* le ventre.

Si seulement la présence de cet homme servait à quelque chose ! On avait cru par la sagesse qu'il avait montrée en arrivant que Mère guérirait vite. C'était donner des ailes à un ver de terre. Au contraire, le cas de Mère devenait chaque jour plus grave. Elle ne se contentait plus de cogner à la porte de son *asile*. Elle avait, un jour, brisé celle-ci avec on ne sait quelle force du diable. Elle avait fait des tours dans le quartier, agitant son voile pour saluer les passants, comme aime le faire le président Sâ Matrak dans son cortège, et avait dansé quelque farandole inconnue avant de buter sur une pierre et de s'affaler sur la chaussée. C'est l'homme qui l'avait ramenée qui avait raconté sa folle aventure à Râhi lorsque celle-ci était rentrée de son travail. Et Karamoko Lamine pendant ce temps ? Il n'avait pu donner aucune explication satisfaisante à Râhi. Retiré dans ses grandeurs vertueuses, il avait dédaigné de répondre avec précision. Il avait invoqué ses prières ; il n'avait rien vu, rien entendu. Et quand Râhi s'était adressée à lui avec un accent de reproche, il avait coupé court : « Fille, si je te dis que je n'ai rien remarqué, c'est que je n'ai rien remarqué. Dieu m'est témoin, ma barbe est blanche et ne saurait mentir. Aurais-je même remarqué, fille, mes lumbagos, mes points de côté, mes jambes qui ont perdu la force, ah la misère de l'âge ! Héeeeeh la vieillesse ! *Hèye !* »

L'état de Mère amena Râhi à penser la faire hospitaliser. Elle savait bien quel était le sort réservé aux hôtes du *cimetière* – la ville appelait ainsi son hôpital psychiatrique. Tout le monde avait l'air d'avoir séjourné au *cimetière*, tout le monde savait parler de ses murs, de son sol insalubre, de ses infirmiers herculéens, de la vie démentielle qui y régnait. Dans la rue on entendait souvent dire : « Le fou que j'aime, je le laisse errer ; mais, pour affoler mon ennemi, je l'amène à soigner où l'on sait. » Néanmoins, Râhi songea sérieusement à y faire admettre Mère au lieu de la laisser mourir à petit feu. Karamoko Lamine s'opposa à ce projet avec une détermination de prime abord peu explicable : « L'amener là-bas ? Ce ne sera pas la soigner, mais bien aggraver son cas. N'as-tu pas confiance en mon travail ? Je me fais déjà une joie de savoir quel sera ton étonnement dans quelques jours. Oui, ton étonnement, à condition bien sûr que tu ne paniques pas, que tu ne me bouscules pas. Mon travail, c'est comme le travail de la terre : une fois qu'on a semé, il faut savoir attendre que les germes poussent. Il faut de la patience. Ah, si Dieu ne vous avait pas faites, vous femmes, aussi catastrophiques ! » Il s'efforçait de parler sur un ton de conseiller désintéressé, mais sa voix tremblait et une teinte de supplique ornait sa prunelle. Mais c'est lui qui eut raison, puisque Mère resta à la maison, sous son observation…

Le temps de se faire oublier, Daouda revint voir Râhi, de jour, pour la première fois. Il la salua de manière plutôt affable. Il ignora Karamoko Lamine et ne prêta nulle attention au vacarme terrifiant que faisait Mère. Il entraîna seulement Râhi dans sa chambre. Il mit sa main sur son épaule et dit : « Tu n'es pas faite pour ce genre de situation. Je me fais de la peine pour toi, tu sais. Je dois même t'avouer que j'ai de l'estime pour toi. Tu vois, je t'ai même laissée dans la villa. Ce qui n'a pas été le cas pour Mâmata. » Puisqu'elle ne disait rien, il continua sans voir la lèvre de Râhi qui pendait, haineuse et bourrue : « Ta silhouette m'est souvent revenue à l'esprit. Mais tu sais ce que c'est, le temps… »

Ces mots dits, il prit congé subrepticement comme s'il n'était venu que pour s'en débarrasser. Sur le pas de la porte, il fit un bref arrêt et annonça : « Je viendrai ce soir. Je mangerai là. »

Après son départ, Râhi demeura bouleversée, non point à cause de cet homme, mais à cause de ce qu'il lui inspirait. Les quelques minutes qu'il était resté avaient suffi pour réveiller en elle mille sensations tassées, au point que l'odeur de Diouldé avait envahi toute la maison, qu'elle croyait entendre ses gémissantes quintes de toux. Pendant quelques minutes, son mari fut si près d'elle qu'elle fut prise d'une joie secrète, et que quelque part dans son être un espoir prit naissance dont elle se gorgea avec ivresse : son esprit se mit en goguette, virevolta entre des idées fleuries et riantes où aucune goutte de peur et d'angoisse ne s'était posée. Voilà que toute sa pensée s'accrocha à cette idée qu'elle avait sur le coup prise pour une odieuse moquerie : « Je me fais de la peine pour toi. » Si Daouda l'avait dit, c'est qu'il le pensait. Et puis, elle avait tellement besoin d'aide que son âme, endolorie par tant de coups et de fatigue, s'en laissait volontiers conter. Avait-elle seulement la force de refuser un brin d'attention ? Il y avait aussi cette curiosité qui prenait des ailes et sortait toute seule : depuis que, cette nuit-là, Diouldé avait été emmené, elle ne savait rien de ce qui lui était arrivé. Là-bas, comment dormait-il ? Comment mangeait-il ? Avait-il des couvertures, lui, si frileux, qui tremblait et se collait à elle par vingt degrés ? Lui donnait-on des laxatifs pour combattre sa constipation chronique ? Peut-être n'y avait-il pas de médecin là-bas, pas de nourriture, pas de couverture ? Et si on le battait ? Si on le torturait ? Non, il y a des lois que personne ne peut transgresser. Il y aura une enquête : son mari sera régulièrement condamné si sa culpabilité se vérifiait, sinon relaxé s'il s'avérait qu'il était innocent. Il n'y avait donc pas à s'en faire. Le problème était plutôt de savoir si Diouldé mangeait à sa faim et dormait au chaud.

« Daouda a bien fait de revenir », se dit Râhi en prenant allégrement la direction de la cuisine, piétinant au passage Karamoko qui murmurait ses versets.

Elle mit tout son art dans la préparation de mets alléchants. Lorsque Daouda arriva, une table digne d'un festin royal l'attendait. Ils mangèrent dans un silence religieux. Râhi parvenait à peine à refréner sa bouillante envie de parler, de demander les mille et une choses qu'elle voulait savoir. Elle se pinçait les lèvres pour barrer le cours au flot de larmes idiotes qui pétillaient derrière ses paupières ; elle s'agrippait à sa table pour se durcir, s'empêcher de fondre sous un ardent besoin de faiblir, de s'ouvrir à la confiance et à l'intimité d'un homme qu'elle aurait dû fuir.

Daouda, lui, n'avait rien perdu de sa taciturnité légendaire. Visage immuable, gestes froids et précis, il regardait Râhi fixement : un regard de momie. Ses mains seules bougeaient, allant calmement de la bouche à l'assiette. Comme bruit, on entendait juste le crissement des assiettes et des fourchettes. C'est quand, de sa chambre, Karamoko Lamine émit un éternuement suivi d'une toux persistante que le silence fut rompu par Daouda :

– Qui est-ce ?

– C'est un oncle de mon mari. Il vient de Bouroûrè.

– Il vient aux nouvelles de son neveu, je suppose. Marabout ?

– Un homme pieux.

– C'est ça, trop pieux. Il pue ça à distance et il ne me dit rien de bon… Je l'ai déjà vu de près : il m'arrive comme par hasard de faire des tours dans le quartier… Et ta belle-mère ?

– Elle est dans sa chambre. Elle est malade.

– C'est elle qui faisait tant de boucan ce matin ?

– …

– De quoi souffre-t-elle ?

– De la tête, elle a d'affreux maux de tête, depuis l'enfance.

– Un mal de tête qui empêche souvent le quartier de dormir. Tout le monde en parle et je me suis souvent même demandé ce dont on ne parle pas. Est-ce que sa présence au milieu de ce quartier est une bonne chose ? Tu sais que le quartier est habité par des gens qui travaillent tôt et qui ont besoin de sommeil, non ?… Mais j'ai l'impression qu'elle s'est calmée depuis ce matin.

– Nous lui avons massé la tête avec des feuilles

de manioc chaudes et nous lui avons donné des somnifères.

– Pourquoi ne l'amènes-tu pas à l'hôpital, au *cimetière*, comme le disent ces malotrus ?

– Je n'y avais pas pensé.

– C'est drôle.

Après le dîner, il se pencha vers Râhi avec un air solennel :

– Regarde-moi bien (il força sur le menton), je te dis que je vais t'aider.

Un moment passa où il parut rêver (il tenait toujours le menton de Râhi dans sa main). Il fit un petit mouvement de tête comme pour revenir à lui ou comme pour chasser une mouche de la tête et reprit :

– Je vais te parler de Diouldé. Je peux te dire qu'il va très bien. Il m'a même dit quelque chose pour toi.

– Qu'a-t-il dit ?

– D'abord, il faut que tu saches que tu ne dois relater cette conversation à personne. Convaincs-toi de ne même pas devoir y penser quand je ne suis pas là.

– J'essaierai, dit Râhi au bord du sanglot.

– Eh bien, Diouldé va bien. Un peu nerveux, et un peu inquiet pour toi et pour sa mère ; sinon, il va bien. J'ai même assisté à sa visite médicale hier : il pète la santé, tout simplement. Il n'y a pas, en outre, à s'inquiéter ; non seulement il est dans de bonnes conditions, mais je m'occupe moi-même de lui, puisque c'est un ami. Un ami qui le sera toujours, quoi qu'il arrive, même après ce dont il est accusé ; c'est pourtant grave, ce dont il est accusé, grave et répugnant. C'est difficile pour moi d'admettre sa culpabilité : c'est un ami et c'est un homme que je connais bien ; il a déjà rendu de grands services à la nation et au président Sâ Matrak. Là-dessus, je vais te faire une confidence : je ne suis pas seul. Oui, une commission est en voie de constitution pour faire la lumière de manière claire sur la responsabilité de Diouldé dans cette ignoble affaire. Après tout, s'il a été arrêté, c'est sur la dénonciation de Soriba ; et Soriba a bien pu le faire par simple besoin de nuire à Diouldé, je suis sûr qu'il sera disculpé après enquête, et réhabilité. Pour le moment, j'ai pu, après mille difficultés, faire état de son cas devant le président Sâ Matrak et j'ai eu la promesse ferme que les modalités de mise sur pied de la commission d'enquête seraient allégées, le président Sâ Matrak en personne suivrait l'enquête. J'en ai même parlé à Diouldé, le pauvre en a le moral tout ragaillardi. J'ai aussi pu le faire bénéficier de quelques facilités : il a de la lecture et un lit en bon état. C'est déjà beaucoup, non ? Mais je me suis dit qu'il n'y avait pas de « beaucoup » pour un ami. Alors, je suis venu te voir, te donner de ses nouvelles, servir en quelque sorte d'intermédiaire entre vous deux. Cela se passera bien si tu sais rester silencieuse et prudente.

« Pour l'instant, son désir serait d'avoir un peu de linge, quelques couvertures, un pyjama et des pantoufles. Il se plaint aussi de la digestion ; le médecin lui a prescrit des laxatifs qui ne lui donnent pas satisfaction ; il dit de lui amener ceux qu'il utilisait avant, des…

– Des Laxaprines…

– C'est ça, des Laxaprines. Et puis, pour changer un peu de la nourriture de là-bas, qui est riche mais qui manque un peu de goût, il tient à ce que tu lui prépares quelque chose de temps en temps. Alors tu vas préparer ce paquet de linge que je lui porterai demain. Et, pour mardi prochain, tu prévois un repas, du bon riz du pays avec une sauce d'arachide pas trop huileuse…

– Bien sûr, il supporte mal l'huile, son foie…

– Pas trop huileuse et bien garnie de viande de bœuf…

– Il déteste le poulet.

– Il parle souvent de toi, ainsi que de sa mère. Il se fait un grand souci pour vous.

Il se faisait tard. Râhi bayait aux corneilles, histoire d'évoquer un signe de départ chez son interlocuteur. Mais Daouda restait à sa place. Râhi décida d'en finir avec cette situation embarrassante. Elle se leva et annonça son intention d'aller se coucher. Daouda se leva après elle, fit quelques pas dans sa direction et dit : « Si ça ne te gêne pas, je dormirai là. » En même temps, il mit un doigt sur la bouche de Râhi pour l'empêcher de dire un mot qui se dessinait sur ses lèvres et lui prit les épaules pour l'empêcher de choir. Sa main ne quitta pas ses épaules, jusqu'au lit. Sans un mot, il se déshabilla ; il intima à Râhi l'ordre de faire de même. Elle ne répondit pas ; elle pleurait. Il lui enleva lui-même la camisole et le pagne, la poussa dans le lit et s'allongea à côté d'elle. Il éteignit la lumière et murmura presque avec gentillesse : « Enlève ton slip. » Elle fit un petit recul, rétive comme un animal schizophrénique, et se replia au coin du lit, malheureuse rebelle. « Enlève ton slip », répéta-t-il plus sourdement. Elle enleva son slip avec une main tremblotante.

Des jours et des jours passèrent…

Daouda avait presque élu domicile chez Râhi. Il venait aux mêmes heures juste après le crépuscule. À sa présence trouble et oppressante, il ajoutait sa personne sombre. Jamais un mot nouveau de la part de cet homme, jamais une surprise sortant tant soit peu du sentier battu que, chaque soir, ils prenaient : le repas dans la petite salle à manger, le couloir, la chambre, le lit.

Chaque mardi, Râhi préparait le repas de Diouldé. Elle s'enfermait dans la cuisine pour goûter à son seul moment de plaisir. Elle cuisinait ou, plutôt, se livrait à une véritable partie d'amour. Elle coupait la viande en gémissant, boulait la farine avec des larmes qu'elle ne pouvait trop expliquer.

Daouda inspectait soigneusement ce qu'elle donnait. C'est qu'il l'avait plusieurs fois mise en garde contre les gentils mots. « Ne rien écrire, avait-il dit, je cours déjà assez de risques. » Seulement, ils avaient failli une fois en venir à la dispute : Râhi avait passé des semaines à broder un mouchoir qu'elle avait mouillé d'une petite larme et qu'elle avait glissé entre les bols contenant le repas de Diouldé. Daouda avait tonné : « Je dis rien d'autre que le repas. » Râhi avait trouvé le courage de répliquer : « C'est un mouchoir, ce n'est pas une lettre. Il ne gêne rien. » L'incident avait été clos par un vigoureux ravalement de salive de la part de Daouda.

Ils menaient ainsi une véritable vie de couple, quelque insolite que ce fût. Daouda lui demandait même des comptes avec un ton de jalousie sans quitter sa voix d'homme de pouvoir. Elle devait lui raconter tout ce qu'elle avait fait dans la journée. Il lui adressait chaque soir des reproches : « Il ne te sert à rien d'aller par toute la ville. Reste chez toi, tu entends. Je ne veux plus que tu ailles nulle part sans que j'en connaisse l'heure et la cause. N'oublie pas que j'ai les moyens de savoir, si tu fais autrement. »

En dehors de son travail, Râhi décida donc de rester chez elle, recluse au même titre que Mère…

Avec Karamoko Lamine pour seul compagnon…

Un jour, en revenant de son travail, elle trouva le marabout affalé dans le couloir, le corps figé, la respiration sifflante, l'habillement léger, le front en sueur. Râhi s'empressa de ranimer le vieux marabout. Il se passa quelques bonnes secondes avant que ses narines ne soupçonnent ; elle releva la tête et huma l'air ; la certitude la gagna : c'était bien une singulière odeur qui s'exhalait du vieux et empestait la maison ; une odeur d'alcool à n'en pas douter. Elle se remit sur ses pieds mécaniquement. Il y avait bien de quoi rire dans ce qui arrivait, mais elle ne savait pas pourquoi cela la faisait plutôt transpirer. Elle se prit la tête en prévision du vertige et se mit à fouiner dans la maison sans but précis. Elle vit au passage la bouilloire de Karamoko abandonnée dans le salon, posée de travers et ouverte. Un liquide blond et mousseux en débordait et s'étalait sur le tapis. Une bière de mauvaise qualité qui, à elle seule, puait pour tout l'alcool de ce monde.

Râhi se laissa choir dans un fauteuil, se prit la tête et se mit à pousser des sanglots qui secouaient son corps comme l'aurait fait un camion sur une mauvaise piste ; curieusement, aucune larme ne venait à ses yeux.

Elle devina vaguement une présence tout près d'elle, sentit le souffle chaud d'une mauvaise haleine. Une main la toucha. Daouda était-il déjà là ? Elle ouvrit les yeux. Planté devant elle, Karamoko Lamine la fixait d'un œil lubrique, un mauvais sourire dessiné au coin de la bouche. Déjà, il tâtait sa croupe ; elle restait immobile, comme droguée. Karamoko s'enhardit dans sa besogne, se mit à retrousser le pagne, à palper les cuisses. Râhi se dégagea enfin et commença à griffer, à mordre, à crier comme un insecte nocturne. Le vieillard fit un léger recul, mais revint bientôt à la charge, avec une force quintuplée. Ses yeux étaient tout rouges, sa bouche bavait de désir, et il ressemblait à un jeune fauve en rut. Il désarçonna facilement sa proie. C'est à terre que Râhi eut le temps de proférer : « Lâche-moi. » « Tu le fais bien avec cet homme, pourquoi pas avec moi ? » rétorqua Karamoko, s'acharnant encore plus sauvagement sur le pagne et les cuisses. Râhi sentit un truc mollet la pénétrer. Elle se résigna à s'affaler sur le sol, vaincue, prête à subir la furie du vieillard jusqu'au bout. Aucune idée précise dans la tête, aucun signe expressif au visage ; sur son bras, un pou gras rougeoyant. Elle regarda le pou ; se mit à le caresser ; l'insecte creva sous ses caresses et laissa sur son bras une petite tache de sang noirâtre.

Avait-elle dormi, s'était-elle évanouie ? Elle ne revint à la réalité que lorsque Daouda entra. Elle était toujours par terre, là où Karamoko l'avait prise, le pagne encore retroussé. Karamoko, lui, avait quitté les lieux, mais il n'avait pas pu atteindre sa chambre. Dans le couloir, il était étalé dans une mare indescriptible de vomissure et roupillait la gueule ouverte, giclant, sifflant et geignant en même temps dans un ronflement polyphonique.

Râhi ne sut répondre aux questions de Daouda. Elle se leva piteusement et gagna la salle de bains, pliée en deux ; elle ferma le verrou et ouvrit le robinet de ses larmes.

C'est son flair de flic qui permit à Daouda de relater lui-même ce qui s'était passé à Râhi. Râhi ne démentit pas, ne rectifia rien, ce qui le mit en colère : « Ça, ce malheur putride, cette gale en forme d'homme ! Réponds, réponds donc que je te voie. » « Rrrréponds », disait-il en prenant un morceau de son ventre et en pinçant dans le gras de la chair. Mais ce fut comme s'il tenait autre chose que la peau sanguinolente de Râhi. La bonne femme avait croisé les bras sur sa poitrine et crevait le plafond de son regard comme si, quelque part dans le toit, se trouvait la réponse à mille questions qu'elle n'avait plus la force de se poser.

Daouda se réveilla de bonne heure, il réveilla Râhi et annonça :

– Je fais hospitaliser ta belle-mère. Quant au vieillard, je l'embarque. Toute la nuit, j'ai pensé à son cas : c'est un cas très grave.

Le lendemain, à la radio, il y eut un éditorial :

« Éditorial ! chers compatriotes, vous vous souvenez de ce fameux complot. Peut-être même que vous ne vous en souvenez plus. En effet, tout le monde pensait que c'en était fini. Eh bien, non ! Un tentacule de cette hydre abominable vient de faire surface. Et quel tentacule, quel membre pourri ! Un vieux marabout mourant, chers compatriotes, le marabout des comploteurs vient d'être arrêté ! »

Chapitre 11

Une idée obsédait Râhi : venue comme ça, sans taper à la tête. Et c'est bien après qu'elle s'annonça vraiment. Maintenant, elle la tenait et l'excitait ; sous son effet, elle trépignait comme sous l'effet d'une folle envie d'uriner. Fouiner vers le *Tombeau* ! C'était l'idée qui la hantait.

Le *Tombeau*, c'est ce morceau de la ville ceinturé par une épaisse muraille, longeant la corniche. Là, il n'y avait pas de sonnerie de bicyclette, pas de cri d'enfant, ni de pleur de femme.

On pouvait y deviner la muraille continuant son tour du côté de la mer, entendre la mer traîner ses eaux épaisses et clapoteuses, les casser contre la muraille, contre les rochers environnants.

Peut-être que le *Tombeau* n'existe pas. On ne peut que le deviner, l'entr'apercevoir. Jamais personne qui y soit allé. Seulement, on entend souffler dans la ville que c'est là qu'on emmène les *traîtres*, les *apatrides*, tous ceux qui ont trahi le président Sâ Matrak et, à travers son honorable être, le passé, le présent et l'avenir du pays. Nul n'ayant vu quelqu'un revenir de ce lieu, l'imagination du quartier, sotte et curieuse, s'est mise à jaser.

Au marché, un individu trapu comme un cep de fromager, le front massif, volubile comme une veuve assiégée par des fauves, vend des noix de cola dans un panier fait de grandes feuilles vertes, et raconte à qui veut l'entendre que, lui, il n'y a pas mis les pieds, mais qu'il a *vu de ses propres yeux*. Comment ? Il dit être monté un jour sur un palmier pour couper un régime ; au faîte de l'arbre, il a aperçu la cour du *Tombeau* peuplée de petites créatures semblables à des tortues ; autour d'elle, des hommes armés. « Je n'ai pas compris tout de suite, concluait-il toujours. C'est par la suite que j'ai saisi : les hommes étaient devenus paralytiques, mon Dieu qui a craché ce monde hôoooooh ! »

Et, un jour, en plein milieu de semaine, ceux qui avaient pris le petit vice de venir chercher sa petite cola et un brin de causette chez Bangaly trouvèrent la place vide. Dans la poussière, le panier de cola avait laissé comme une écriture brute et insensée en forme de message d'adieu. « C'est Dieu qui a maudit ce fils de la malchance, sinon il aurait fermé sa gueule », disaient les gens.

On ne revit plus Bangaly. Mais son conte fit son chemin, creusa son lit dans toutes les concessions, et finit, gouttes de salive au bout de chaque langue. Naquirent alors des *Tombeaux*, des *Tombeaux*, des *Tombeaux*...

« Les cellules sont inférieures à des cages de lapin. Bangaly avait raison : quelqu'un qui y séjourne trois jours devient automatiquement paralytique. […] À chaque crépuscule, on tire au sort vingt prisonniers par leur numéro matricule : cinq sont noyés à petites doses, cinq sont égorgés sec, cinq sont pendus par la clavicule, cinq sont donnés comme nourriture aux fauves du Zoo. […] On récupère les têtes pour pêcher les requins. […] Les plus vigoureux sont donnés à *Pouvoir*. Pouvoir est une femme de quatre-vingts ans qui est demeurée bébé. Elle tète encore, ne sait pas parler et sanglote comme un bébé de trois mois. Elle est obsédée sexuelle. Elle couche avec les hommes qu'on lui donne : si cela lui a plu, elle sanglote et le bon partenaire est exécuté par les soldats ; si cela ne lui a pas plu, elle montre sa petite dent de lait et, alors, une gale pousse sur le front du mauvais partenaire jusqu'à ce que mort s'ensuive… »

On racontait la légende à l'abri des mauvaises oreilles. En l'écoutant, les hommes reniflaient et baissaient la tête ; les femmes rapprochaient leurs marmots et les frottaient contre leur ventre chaud comme pour les prémunir du *Tombeau* pour aujourd'hui et pour les siècles à venir.

Râhi se mit donc à rôder autour du *Tombeau* chaque fois que l'absence de Daouda lui en donnait le temps. En reprenant le pas chez elle, elle se jurait de ne plus revenir. Que voyait-elle, sinon la muraille ? Mais elle revenait le lendemain et les jours suivants, devant ce qui était devenu son mur de lamentations. Ce mur provoquait en elle des sentiments mêlés de colère, révolte, peur et impuissance. Mais elle s'agrippait fort à son esprit froid et à son sens des réalités, se répétant sans cesse :

« Ce ne doit pas être un palais ici, mais ce qu'on raconte est sans fondement. Et puisque Daouda sait mieux… »

Elle revenait attendre Daouda…

Un soir, se trouvant derrière son dépotoir et scrutant la muraille sans idée précise, elle entrevit le reflet d'une ombre, entendit un léger tintement de pot buté ; une main effleura sa nuque, la vie s'enfuit de son corps, une douleur ondulante la traversa de la tête aux pieds, elle ferma les yeux et attendit la fin du monde…

Une voix d'homme lui dit : « N'aie pas peur. » Des mots si réconfortants et si doux qu'on aurait dit une caresse…

Un garçon mince, grand, légèrement voûté, se tenait près d'elle. Il était habillé d'une chemise à manches longues kaki et d'un pantalon moulant, évasé. Les manches arrivaient à peine aux poignets de ses longs bras. Tout en lui sentait le propret ; il faisait penser à un fils de bonne famille soigneusement préservé des turpitudes de la vie. Son visage était plein de détermination et transpirait un certain *savoir* de la vie. Mais ce qui frappait le plus, c'était l'impression de repos et de confiance qu'il dégageait.

– À quoi bon jouer avec la mort ? demanda-t-il avec un franc reproche. Il y a près de deux semaines que je t'observe. Un autre que moi aurait pu voir ton manège…

Ils empruntèrent le chemin des quartiers populeux où la vie giclait et glougloutait comme du bon lait en ébullition. Ils marchèrent longtemps sans un mot. Râhi se contentait de suivre le pas de cet inconnu mystérieux, indéfinissable.

– Je te connais un peu, comme beaucoup doivent te connaître un peu dans la ville, dit-il après bien de sinueux itinéraires.

Ils étaient maintenant en plein fouillis d'habitations sordides. Devant une maisonnette bâtie à hauteur de nain, recouverte d'une tôle maintenant noircie par le soleil, ils s'arrêtèrent.

– J'habite là, fit le jeune homme.

– Je dois rentrer, dit Râhi.

Mais le garçon ne semblait pas l'avoir entendue : déjà, il poussait la porte exagérément étroite, taillée au milieu du mur comme une fente dans une serrure en disant :

– Ce n'est pas agréable, mais si tu veux un morceau de manioc…

L'intérieur contrastait, et de loin, avec la laideur et le laisser-aller du dehors. C'était sec et soigné, bien que d'une pauvreté criante. Un lit gondolé recouvert de draps usés, mais encore d'un blanc presque pur, occupait une bonne partie de la pièce unique de la maisonnette. En face, comme pour donner la réplique au lit, une seule chaise, et boiteuse. Dans un coin, à même le sol, une planche tenait lieu de bibliothèque ; une bibliothèque d'à peine une dizaine de volumes sobres et dont on ne pouvait lire les titres tant la lumière de la lampe à pétrole était basse. Deux casseroles, quelques bols, une jarre d'eau, un camping-gaz. Le garçon se mit à cuire quelques tubercules, s'assit sur la chaise et roula une cigarette. Râhi s'assit sur le lit, celui-ci se mit à grincer de façon infernale.

– Quand tu auras mangé, je te raccompagnerai. Je ne t'accable pas de questions. À vrai dire, je devine beaucoup de choses.

Le lendemain, Râhi revint avec un naturel qui l'étonna et annonça presque avec gaieté :

– J'ai ramené du riz et du poulet, je vais nous faire la cuisine.

– Tant mieux, ça me changera du manioc, répondit-il.

C'est à la fin du repas que le jeune homme prit le parti de sortir des coulisses de son mystère ; à demi couché sur le lit, envoyant des bulles de fumée au plafond, il se mit à raconter sa vie : « Je dois t'avouer que, moi aussi, je rôde souvent vers le *Tombeau*, commença-t-il. Et tiens-toi bien, j'ai même été un hôte de cette mystérieuse demeure. À vrai dire, il s'agit de toute une ville et même d'un véritable labyrinthe. J'y ai passé près d'un an et j'en suis ressorti la curiosité non entamée. C'est à Dankoura qu'ils nous ont arrêtés, deux amis et moi. Nous y étions pour attendre une occasion de quitter le pays, un mouchard a dénoncé nos projets. » Il s'interrompit un bref moment et, les yeux mi-fermés, plongea dans une profonde absence. « Mais commençons par le commencement, reprit-il. Nous étions trois amis, trois étudiants, Sori, Nabi et moi. Étudiants ? Il y avait bien longtemps que nous n'allions pas même aux cours. En réalité, nous ne faisions que boire. Chaque soir, nous nous retrouvions au *Paradis*. Le *Paradis*, notre paradis, était tenu par une quinquagénaire volumineuse ravagée par l'alcool, étrillée par la vie : N'gâ Bountou. Nous, nous l'appelions N'gâ [1], tout simplement. En contrepartie, nous étions ses enfants. Avec ou sans le rond, nous étions toujours les bienvenus au *Paradis* et avions toujours nos pots pour quelques sous, à crédit ou gratis : N'gâ Bountou ne nous a jamais refusé du *tamba-nanya* [2]. Et Dieu sait que son *tamba-nanya* était exquis. Il n'y avait pourtant pas une grande clientèle au *Paradis*. Rien que des habitués et des fins connaisseurs. Nous y connaissions un peu toutes les têtes, et des têtes, il y en avait de toutes les sortes : des sans-soucis, des persécutés, des nostalgiques, des tout-bêtes, des tout-louches, avec un fond de ressemblance : les yeux cristallins et trop enfouis, le visage las, la bouche cousue avant le cinquième verre. Après le cinquième verre, les uns bavardent, les autres dégueulent. Ce cinquième verre est un seuil de reviviscence, un philtre de vie. En général, nous nous ne parlions pas beaucoup, surtout Sori. Sori disait vraiment peu de choses devant son verre. D'ailleurs, qu'y a-t-il vraiment à dire devant un bon verre de *tamba-nanya* ? aimait-il dire. Nous buvions donc pour planer au-dessus des mesquineries quotidiennes : murmures – écoutes – dénonciations – arrestations – exécutions – acclamations des chauds militants – messages de félicitations des partis frères et amis. Pour nous, la solution était de boire et de regarder tout ça d'un œil froid.

1. Mère.
2. Tord-boyaux (alcool).

Boire au lieu de suivre les cours. Boire au lieu d'assister aux pendaisons publiques, boire au lieu d'écouter la voix de faux chanteur de blues du président, boire pour se moquer d'une bougresse de fille qui pleure et rit de son père pendu. Boire pour vomir sur un paysan galeux qui vous raconte ses misères. Boire et cracher sur une veuve de comploteur qui se plaît à coucher avec un ministre. Boire et faire boire un père de famille qui, pour n'avoir pas dîné, utilise son temps à applaudir le cortège présidentiel. Boire, maudire le pays et se dégoûter soi-même. Boire, songer à foutre le camp et enfouir sa honte au fond de sa poche... Nous avons ainsi passé près de deux années à boire. Puis nous décidâmes de foutre le camp. Où ? N'importe où. Peu importait la destination. L'essentiel était de quitter le pays. Nous nous retrouvâmes donc à quelques kilomètres de la frontière, à Dankoura. Là, un fils de pute promit de nous faire passer, mais il nous mena directement à la police. On nous bastonna, on nous ligota, nous fûmes conduits au *Tombeau*, mais heureusement au petit *Tombeau*, c'est-à-dire juste à l'entrée, après le poste de garde. Nous fûmes séparés après trois mois. Sori et Nabi furent déportés à l'intérieur du pays parce que le père de chacun d'eux avait été arrêté quelques années plus tôt pour complot. Moi, je fus d'office incorporé dans l'armée pendant deux ans, et exclu de l'université. C'est après ma libération de l'armée qu'un inconnu, m'accostant subrepticement, m'annonça que Sori et Nabi avaient été exécutés pour tentative d'évasion du camp de concentration de Balé.

« Voilà : je suis là, sans boulot, rien qu'avec mes souvenirs. Voilà pourquoi, moi aussi, je rôde vers le *Tombeau*... J'ai envie de retenter une évasion, mais j'en ai une peur épouvantable. »

Ayant achevé ce récit, il plongea de nouveau dans son absence. Râhi observa le jeune homme ; au début, il l'avait attirée sans raison précise ; après ce récit, elle sentait que quelque chose l'accrochait à lui.

– Comment t'appelles-tu ? demanda-t-elle.

– Kandia, répondit-il sans ouvrir les yeux.

Elle revint souvent chez Kandia. Dans la petite baraque simple et sympathique, à côté de ce jeune homme mi-sage, mi-play-boy, elle s'abreuvait de quiétude. Là, elle n'avait plus à la tête ce bourdonnement sans fin, ces picotements dans le dos. Là, sa tête allégée se posait sur l'oreiller et ses oreilles s'ouvraient.

Comme pour contourner un lieu sacré, Kandia évitait de poser des questions sur la vie de Râhi. À propos d'elle, il en était resté à cet énigmatique : « À vrai dire, je devine beaucoup de choses. » De même, Râhi aussi s'était abstenue d'en parler. Elle redoutait peut-être de ne pouvoir raconter avec autant de talent que Kandia ; de plus, qu'y avait-il à dire d'épique – et même de vécu – dans son existence ? Certes, des choses racontables lui étaient bien arrivées ; mais ces choses, ne les avait-elle pas plutôt subies ? N'y avait-elle pas joué un rôle de décor, plus même que celui de témoin ?

Chapitre 12

– Demain, je t'emmènerai chez N'gâ Bountou, dit Kandia.

Ils allèrent jusqu'au *Paradis*. N'gâ Bountou les reçut en roucoulant de joie et en tirant religieusement sur une longue pipe de bois. Elle les dirigea, en roulant de la fesse, vers une table discrète. Râhi transpirait la gêne et se blottissait sous la taille de Kandia, risquant des coups d'œil dans l'obscure salle.

N'gâ Bountou s'affaira à les servir. Elle posa deux verres malpropres et une bouteille contenant un liquide clair et frémissant.

– Il m'a échappé de te dire qu'elle ne boit pas, dit Kandia en montrant Râhi.

N'gâ Bountou regarda la jeune femme, incrédule, mais ne dit rien. Elle prit le deuxième verre pour elle et se mit à servir.

Une jeune femme, presque une petite fille, passa comme un courant d'air, un bébé mal foutu tenu pêle-mêle. Elle reparut quelques minutes plus tard et s'assit non loin d'eux, sans déranger le calme particulier de N'gâ Bountou qui sirotait son verre sans grimace.

Sur la table du milieu, un homme dormait comme s'il ne lui était jamais arrivé de se réveiller. Un mince filet d'écume lui barrait la bouche et dégoulinait sur la table. Non loin, deux jeunots discutaient fébrilement, gueulant et murmurant sans transition, se tapant partout, se regardant brusquement ou riant aux éclats sans lâcher leurs verres.

La porte, elle, n'avait jamais fini de se faire passer et repasser.

Quel flux et reflux d'hommes ! Que de mouvements et de mots ! Ici, la vie coulait sans demander son reste ; qui pouvait dire si elle coulait en source joyeuse ou en égout, parfois honteux de faire surface ?

Elle coulait.

Mais il y avait comme une logique dans cette atmosphère de désordre et de déchéance ultime. Sur les visages rognés, on pouvait lire un semblant de dessein. Les regards vides d'espoir ne trompaient pas sur les mâchoires rancunières et les rictus rusés, cabochards, la dignité féroce des moindres attitudes.

Bientôt, les tables se rapprochèrent, les regards se tournèrent vers Kandia, un air de conciliabule s'annonça. Une question fusa :

– Elle ?

– Je réponds d'elle, dit Kandia, qui entraîna Râhi derrière les autres qui s'étaient levés pour aller vers une petite porte que personne n'aurait devinée.

Il fallut traverser un *lougan* où l'on entrevoyait, à travers un taillis d'herbes sauvages, quelques plants de manioc et de maïs, puis emprunter un sentier jonché de déchets d'hommes et d'animaux domestiques. Au fond, une baraque en tôle, ressemblant point pour point au *Paradis* ; des nattes étalées sur un sol granuleux et humide, un tableau gris par endroits, verdâtre en d'autres, où la mousse avait pris le temps de pousser.

Kandia prit un petit bâton et se posta devant le tableau.

Une voix l'arrêta dans son intention de taper celui-ci avec son bâton pour désigner les mots écrits avec une craie blanche et humide : « C'est pour dire que Pellel ne vient pas. Il dit qu'il ne viendra plus parce que son père est arrivé du village hier, et puis, il y a l'asthme de son gamin qui ne part pas. Il dit aussi… Il dit qu'il ne veut plus. Qu'est-ce que ça rapporte ? Moi aussi, je ne veux plus. » L'homme qui était intervenu, un bon père de famille, corpulent et barbu, se leva avec dignité et sortit. Un groupe le suivit sans mot dire. Dans la salle, il ne restait plus que Kougouri, le videur du *Paradis* ; N'gâ Bountou ; Salè, la petite fille-mère ; N'dourou, un vieux peintre en bâtiment tuberculeux ; Farba, un griot de naissance, émigré en ville et devenu, depuis, chômeur éternel, rapiéceur de bonnets à l'occasion et animateur de grandes veillées ; Râhi et Kandia. Devant son tableau, Kandia demeurait coi, les bras ballants, la tête baissée au point qu'on eût craint pour sa nuque. N'gâ Bountou mugissait : « Les fils de mule ! Qui donc m'a retenu de leur casser les *œufs* ? »

Quelques instants plus tard, en file indienne, ils reprirent le chemin et leur place au *Paradis*. C'était comme s'ils n'avaient pas bougé du tout, chacun s'étant assis exactement à la place où il se trouvait auparavant. Le *tamba-nanya* se remit à couler de plus belle.

Tout le monde regardait Kandia. Celui-ci baissait la tête comme un enfant puni et s'envoyait de petites doses de *tamba-nanya*. Farba lui dit :

– *Singa*[1], que rien n'entame la bonne joie qu'on te connaît. C'est un fait que la vie n'a pas donné son prix à la bonne intention : il y a des hommes, petit frère, qui haïssent ceux qui leur veulent du bien, mais c'est de plus d'idiotie que de mal. Comment veux-tu qu'un homme qui n'a jamais vu le bien puisse le reconnaître par son odeur ? Kâaaaaaaye ! Nous connais-tu, nous, les nés-ombres, les fouettés-sans-répit, les têtes brûlées, les gueules béantes ? Pour nous aider, *singa*, quel malheur héeeeeh ! pour nous aider à comprendre, il faut un couteau avec une grande lame de patience pour nous ouvrir la tête !

N'dourou appuya les paroles de Farba :

– Ne serions-nous que deux ou trois aujourd'hui, cela ne change rien si nous faisons ce qu'il faut. Si nous travaillons sérieusement aujourd'hui, demain, nous serons des milliers.

Quand, plus tard, Râhi l'interrogea, Kandia ne répondit pas et l'amena dans sa cabane manger du couscous de maïs.

C'est bien plus tard qu'il sortit de son mutisme : un matin, il l'invita à flâner au bord de la mer en disant : « J'aime la mer avec son odeur qui chatouille le nez. » Ils gagnèrent le haut d'un rocher face à une horde de bambins ventrus et bruyants. Kandia scruta

1. Frangin.

l'horizon avec son regard vague dans le lointain, puis dit : « Ce que tu as vu chez N'gâ Bountou est le fruit d'une lubie qui m'habite. Quand je me suis retrouvé sans Sori et sans Nabi, je me suis résolument tourné vers le *Paradis*. Ce lieu était devenu sacré pour moi, et les hommes perdus qui venaient y buter comme des éléphants blessés vont au lieu de mort me ressemblaient. J'ai alors voulu sceller notre destin, et tout ce que j'ai trouvé c'est de rassembler ces gens devant un tableau noir pour enseigner je ne sais quoi. Pourtant, ce que je voulais c'était appeler, gueuler fort pour que tous viennent unir les voix et les poings pour assommer le passé et polir l'avenir. Je crois qu'il me manque la petite chose qui fait un homme, sans laquelle l'âme est plus molle que papaye mûre. Nabi, lui, était un homme. Et sais-tu que ce rocher lui appartient ? Plusieurs fois, il s'est assis où nous sommes, devant cette immensité, pour dire : "Je suis si goulu, je ne veux pas mourir avant d'avoir dévoré le monde. Moi, qui suis né dans une sombre chaumière d'un sombre village de forêt, il me faut tout. Et j'irais tout cueillir si j'en avais le temps." Pourquoi ont-ils tué Nabi ?… »

À propos de ce jeune homme lunatique et bizarre, Râhi cessa de se creuser la cervelle.

Un soir qu'ils s'étaient retrouvés au *Paradis*, N'dourou entra comme une tempête et buta contre une table ; des verres et des bouteilles se fracassèrent au sol. Il mit longtemps avant de dire ce qui l'avait amené et l'émouvait tant. Il se plia bien, appuya les mains sur ses genoux et se mit à tousser tout son saoul ; après seulement, il dit en haletant : « C'est

Bari que je viens de voir, ce qu'il m'a dit est grave. » Bari, un parent éloigné de N'gâ Bountou, casé dans un ministère, lui avait dit des choses fort inquiétantes : depuis longtemps déjà, la police observait le *Paradis*. Au dire des informateurs, elle notait au jour le jour les faits les plus menus qui s'y passaient et fichait toutes les personnes qui y fourraient leur nez. Les petites réunions dans la cabane de derrière avaient semé la panique jusque dans les *hautes sphères*. Mais ils se sont gardés d'agir tout de suite, laissant encore le filet au fond de l'eau dans l'espoir de ramener plus de poisson. À l'ouïe de ces choses, lui, Bari, la parenté avait tapé dans sa tête, voilà pourquoi il les informait en espérant que le silence de la sagesse leur épargnerait à tous le courroux des temps.

– Que faire ? dit aussitôt Kougouri, se levant comme pour abattre un ennemi démasqué.

Qui savait ce qu'ils devaient faire ?

Il se passa des jours…

Au beau milieu d'une nuit, de petits coups frappés à la fenêtre réveillèrent Râhi. Ce soir-là, comme par hasard, Daouda n'était pas venu. Elle se leva et scruta le dehors à travers les persiennes. Deux ombres étaient là. Râhi reconnut Kandia et N'gâ Bountou. Elle sortit les rejoindre mais Kandia ne lui expliqua les raisons de la visite que lorsqu'ils furent dans sa cabane :

– Ils sont venus investir le *Paradis*. N'gâ Bountou n'était pas là. Kougouri a pu filer. Ils ont ratissé le quartier en vain. Ils ont mis le feu au *Paradis*. Nous devons partir.

– Partir ? gémit Râhi.

– C'est ça ou la mort.

– Il faut que je retourne chez moi prendre quelques camisoles et un peu d'argent.

– Jamais de la vie, si Daouda y était venu entre-temps, si jamais il a su que tu avais pris l'habitude d'aller au *Paradis* ?... Kougouri a pu sauver les économies de N'gâ Bountou. Ce n'est pas gros, mais il nous faut nous débrouiller avec ça. Il n'y a pas le choix.

Dans un réduit de planches, flanqué sur le bord d'un fossé immonde, ils retrouvèrent Kougouri qui somnolait aux côtés de Salè, N'dourou et Farba. Il n'y avait pas de lit dans ce palais de la misère. Pour tout mobilier, deux ou trois nattes recouvrant entièrement le sol. Comme chez Kandia, une lampe à pétrole diffusait une lumière morne et basse.

C'est là que Kougouri avait finalement trouvé refuge. Après que le miracle l'eut sorti du cercle infernal du *Paradis*, où les policiers s'étaient mis à incendier et à tabasser, il s'était glissé comme un serpent et avait pu gagner chez N'dourou. Le vieux tuberculeux avait jailli de l'ombre pour dire :

– Allons tout de suite chez le jeune.

Kougouri avait répliqué, avec l'instinct du fils qui a peur pour sa mère :

– Il faut trouver N'gâ Bountou. Elle était chez Farba avant l'arrivée des charognards.

– Chez le jeune, je dis, avait répété N'dourou. Si nous ne le trouvons pas, lui pourra trouver qui il veut. Il a de la tête, tu comprends ?

Quand ils arrivèrent chez lui, Kandia se proposa

pour aller quérir N'gâ Bountou et Farba. Kougouri et N'dourou devaient alors rejoindre chez Salè et attendre. C'est à la suite de cela que Kandia, après avoir cueilli N'gâ Bountou, vint chez Râhi tandis que Farba allait chez Salè.

Voilà comment cette petite armée de pourchassés se rassembla comme au son d'un clairon d'alarme ; une armée sans grade, sans armes ni plan de bataille, avec une telle déroute dans les rangs !

Ils s'attroupèrent autour de l'escabeau sans dire un mot, essayant chacun de camoufler son désarroi. C'était à qui toussait, à qui occupait ses mâchoires comme s'il avait quelque chose de dur à la bouche, à qui massait ses gros doigts, à qui dessinait l'invisible en suivant les ramures des nattes avec un doigt qui semblait se déplacer tout seul.

N'gâ Bountou seule restait immobile, deux trous béants fixement ouverts sur l'incendie de son *Paradis*. Que de paradis avait-on incendiés pour cette femme ! Si seulement les mots pouvaient fuir de ce fort de silence, que n'aurait-on entendu ! Que de mots de feu devaient se consumer dans cette pâte de chair ! Des mots gravés en elle avec le sceau d'une vie amère faite d'amour jamais attisé, de coups à profusion et de faim pour toute provision. Une vie qui, petit à petit, lui avait happé les élans et les passions, lui avait noué le désir et cousu la bouche. Au fond, depuis bien longtemps, elle n'était plus qu'une masse d'apathie, pas insensible à l'amour et au bien, pas de glace vis-à-vis de la haine et de la douleur, mais incapable de réagir.

À côté d'elle, Salè ; cette gamine en loques n'avait-elle pas suivi le même chemin, du moins abouti au même port ?

Salè était née de la première femme d'un aide-comptable. Après l'indépendance, l'aide-comptable était devenu ministre et avait immédiatement répudié ses quatre épouses pour s'enticher d'une femme qui savait lire et écrire. Avec six gamins sur le dos, la mère de Salè quitta la résidence ministérielle, dépossédée de ses habits comme de ses bijoux, et loua une petite pièce du quartier. Pour vivre, elle vendait de l'igname cuit sur le trottoir d'en face. Puisqu'elle devait s'occuper du linge et de la cuisine, c'est Salè qui, le plus clair du temps, vendait l'igname. Autour d'elle, de son étalage et de ses treize années, les hommes tournèrent bientôt comme abeilles autour de fleurs. Ils achetaient l'igname, devisaient sur des sujets osés ; de suite en suite, ils s'inventèrent un petit jeu qui consistait à pincer les deux bourrelures qui poussaient sur la poitrine de Salè, la mère de Salè voyait, mais ne se sentait pas en mesure d'affronter une horde de petits voyous de quartier insolents, au rire déroutant de sottise. Elle s'en prenait en partie à sa fille, l'accusant de légèreté. Peine perdue… Salè devint vite une de ces nombreuses choses pullulant à travers la ville, habillées et déshabillées à volonté d'homme : un jour, de petites boucles aux oreilles, un autre jour, un bracelet étincelant… une robe coûteuse, et ce qui devait arriver arriva : une rondeur caractéristique au ventre… La mère de Salè préféra fuir ; ne pouvant plus supporter ce qu'on disait d'elle et de sa fille, elle retourna au village, refusant d'emmener Salè pour ne pas subir le pire là-bas… Le ministre, père de Salè, apprit la honte qui s'était liée à son nom et qui menaçait comme une teigne sa réputation… Il lâcha des flics derrière Salè… Salè et son mouflet se réfugièrent chez N'gâ Bountou ; pas pour longtemps, le temps de prendre goût au *tamba-nanya* : son père fut bientôt arrêté pour *raison d'État* et pendu non loin du *Paradis*…

Ce soir-là, dans ce réduit de planches, au bord de ce fossé immonde, le rejeton de Salè pleurnichait, comme effrayé par les mines d'enterrement qui l'entouraient. Il n'y avait que la toux de N'dourou qui troublait ses pleurs. Farba se leva, bâilla comme une tombe ouverte, en grinçant telle une vieille machine mal huilée. Il dit avec son humour habituel :

– Vos mines ne sont plus des mines, elles sont devenues des yeux d'orphelin en temps de disette ! Arrêtez, parents, ne lacérez pas plus mon gentil cœur, le problème est de partir, c'est tout. Si nous restons ici plus longtemps, Dieu qui nous a faits et qui me préfère sait que c'en sera fini de nos beautés. Moi, je connais quelqu'un qui peut peut-être nous aider, quelqu'un qui a une camionnette, quelqu'un qui n'est pas gentil, qui est affairiste, et qui conduit son *animal* plus que mal, mais avons-nous seulement une couverture pour rechercher l'oreiller ?

« Voyez-vous, ne me serais-je pas conduit comme me le disait ma mère, il ne m'aurait pas ce soir été possible de m'adresser à cette personne, car un délicat problème aurait pu un jour nous brouiller : sa femme, un jour, *m'a montré la cuisse*. Elle devait en avoir bien besoin pour penser à une hideur comme moi. Mon courage et la leçon de ma mère retinrent ma ceinture : “Toi dont la force aide à peine à la marche, ne t’énerve jamais contre quelqu’un et n’énerve personne… Et retiens bien : pour transformer le plus coulant des hommes en bête féroce, il suffit de flairer le bas-ventre de sa femme”, disait ma mère. »

Sur ce, il s’enfonça dans l’obscurité du dehors pendant que tout le monde riait. Il revint une heure plus tard :

– J’ai vu l’homme. Il est d’accord. Mais l’argent qu’il demande me vaut cinq fois dans ma pleine jeunesse. Je n’ai pas voulu discuter de la somme à payer, il vaut toujours mieux discuter de telles choses après.

« Il passe nous prendre à l’aube à une condition : que nous ayons de fausses pièces d’identité.

– Nous ne nous en sortirons jamais, alors, dit N’dourou.

– Si, répondit Farba, à condition d’avoir assez d’argent ou de bien marchander. Cette souris a pensé à tout, il vend des cartes d’identité comme du *takoulata*[1].

Il fallut que tout le monde se secoue pour donner jusqu’à son dernier sou, que toutes les économies du *Paradis* y passent, que N’gâ Bountou y rajoute même une boucle d’oreille. Enfin, le propriétaire de la camionnette consentit à les prendre. Mais, juste au moment de s’embarquer, tout faillit tomber par

1. Petites boules de manioc.

terre : une ombre se glissa jusqu'à eux et dit : « Je pars avec vous. » À la lueur d'une torche, tout le monde reconnut le fou. Le propriétaire du camion refusa obstinément :

– Non seulement, il n'a pas sa raison, mais qui va payer pour lui ?

Le fou répondit :

– Tu n'as pas plus de raison que moi. Et je ne te donnerai aucun centime. Par contre, je connais un certain nombre de choses que je pourrais dire... Le mieux ne serait-il pas que l'on parte tout de suite au lieu qu'un policier ne passe par là ?

Dans l'épais brouillard du petit matin, la ville n'eut pas de peine à disparaître vite. Dès qu'ils eurent démarré, les passagers ne virent plus rien d'autre que des morceaux d'obscurité séparés par de petites lignes de lumière, comme des feux de luciole. Le premier barrage de police fut atteint dès la sortie de la ville. Les hommes furent fouillés jusqu'au slip, les bagages furent ouverts et examinés sens dessus dessous. Plus futé que ses collègues, le chauffeur de la camionnette serra fermement la main du plus gradé des policiers en y laissant un gros billet, ce qui leur ouvrit le chemin tandis qu'une file interminable de véhicules attendait.

La camionnette reprit donc son chemin, brinquebalant sur les pistes, semant à grande volée des bourrasques de poussière rouge.

Il y avait d'autres passagers. Tout ce beau monde s'était entassé comme il avait pu. Les plus vieux et les femmes avaient occupé les deux banquettes en bois. Le petit espace délimité par les banquettes en avait reçu une partie. Le reste se partageait les arceaux, on s'était installé sur le toit de la cabine dans des positions qui tenaient plus de la haute voltige que du voyage ; une horde de cynocéphales aurait de même pris d'assaut sa forêt. Et, entre le bruit du moteur et le vacarme de la troupe, il y avait comme une rivalité de frères jaloux.

Sur le rebord de la portière, un jeune homme chevelu, fumant comme une cheminée et puant l'alcool, chantait au fil du moment des chansons courtes et paillardes. Quand il s'interrompait, c'était pour se récrier à l'odeur d'un pet, en bêlant des effronteries du genre : « Fsfffff... ça, c'est le maïs. On ne déjeune pas avec cette source de pets. Eeeeeh malheur ! pourvu que le dadais qui a fait ça n'aille pas plus loin, il balaierait lui-même, sinon. »

C'était Diouma mo Râbi, l'apprenti-chauffeur, une sorte de machiniste-griot-don-juan qui parlait toutes les langues, aimait les grosses plaisanteries et voulait toutes les femmes. Chaque fois qu'il y avait un village à traverser, il faisait patienter pour voir ses amantes du coin et goûter aux mets qu'elles ne manquaient jamais de lui amener. Il était connu de partout, connaissait tout le pays. Une chansonnette de sa composition était devenuè une rengaine que tout le monde chantonnait :

Va à Tiankoye, on te donnera de l'eau
Je n'aime pas l'eau
Ça fait pisser
Va à N'dantâri, on te donnera du lait
Je n'aime pas le lait

Ça fait pisser
Va à Bourouwal, on te donnera des oranges
Je n'aime pas les oranges
Ça fait pisser
Moi qui aime *pisser*,
Je vais à Bantanko
Où les femmes ont de la fesse.

« Depuis le temps qu'il est apprenti ! » disaient les gens, sans s'avouer redouter que Diouma mo Râbi ne passât un jour son permis de conduire et ne disparût dans une cabine, contraint au pilotage et à plus de sérieux. Lui-même n'en exprimait d'ailleurs jamais l'intention. Ou il adorait la vie qu'il menait, ou celle-ci le tenaillait ; peut-être ces deux raisons rivaient-elles encore ce bonhomme aux arceaux d'une machine qui aurait dû déjà ne plus en avoir le nom, le faisait sillonner la vie et le pays dans un gigantesque nuage de poussière et de mots creux…

Depuis le départ, malgré la poussière, malgré l'arrogance des flics, malgré Diouma mo Râbi, malgré les pannes, les « descendons tous », les « poussez fort », un homme n'avait rien dit. Un homme au nez entamé par la lèpre ; les taches du fléau se voyaient aussi sur ses mains, de sorte qu'un peu de place s'était fait autour de lui… Mais voilà que, soudain, il fouilla dans son *bondoli*[1] de façon fébrile : on se tut, on se mit à le regarder. Ce qu'il en sortit époustoufla plus d'un : une flûte de roseau, ornée de cauris et de chiffons rouges. Il se mit alors à jouer. Et les

1. Baluchon.

notes volèrent, déchirant le silence, tantôt naïves, tantôt monotones, tantôt étirées, tantôt haletantes, mais toujours, noyant l'âme dans une ivresse de vin fou. Il tira sur sa dernière note longtemps. Il remit sa flûte dans son baluchon et descendit au prochain village, sans un mot.

Coteaux après coteaux…

Ici un marigot boueux à traverser à gué : il n'y avait pas de pont. Là, une côte, tellement abrupte qu'il revenait maintenant aux passagers de porter leur véhicule… Des vallées escarpées, prêtant généreusement leurs flancs à de folles chutes d'eau. Des monticules dodus, des plaines à perte de vue, inondées par des fleuves nourris… Des bœufs roux, mauves, gris ou tachetés, paissant dans les plaines, dans les vallons, en troupeaux serrés, comme semés par une main large. Du riz, du fonia, de la belle herbe verte ; une panoplie de tiges et de feuilles, d'épis et de lianes, l'atmosphère gorgée d'une saisissante odeur de terre et de bouse de vache.

En accord avec Kandia, qui n'avait pas oublié son amère expérience, le chauffeur de la camionnette les laissa à Sogbèla, à quelques kilomètres de Dankoura. Là, il leur fut présenté un passeur professionnel. N'gâ Bountou dut lui remettre la seule chose qui lui restait, son collier en or, comme prix du passage. L'homme, un garçon râblé, l'œil malicieux et canaille, véritable boule de volonté, leur tint ce langage : « Gagner l'autre côté du pays n'est pas une mince affaire. Je préfère vous le dire tout de suite : que ceux qui ne se sentent pas capables renoncent dès maintenant. À elle seule, la brousse suffit à terrasser un homme normal. Sans parler des *charognards* au faîte des arbres, dans les grottes, sous l'eau des rivières, prêts à tirer au moindre froufrou. (Il s'interrompit pour écouter ceux qui auraient eu l'intention de se désister. Il n'y en eut pas.) Alors, nous contournerons la ville de Dankoura par le mont Diarba. Une fois à Bôwoun-Tchippiro[1], ce sera comme si nous étions déjà de l'autre côté. Je vous assure qu'à Bôwoun-Tchippiro, personne ne viendra nous enquiquiner. »

Ce qu'il n'avait pas dit, c'est que, pour atteindre Bôwoun-Tchippiro, il fallait braver une forêt touffue de bambous, de plantes épineuses et de chiendent. Seuls les fauves s'y aventuraient. Bôwoun-Tchippiro se trouvait ainsi coupé du reste du pays par une frontière naturelle qui le protégeait un peu du courroux du régime.

Sitôt qu'ils eurent quitté la piste, la brousse les prit dans son entrelacement de lianes, de plantes épineuses et d'herbes tranchantes. Ouvrant la marche, le passeur, armé d'un coutelas, se mit à frayer un semblant de chemin. Silencieuse, la colonne s'engagea sur les pas du guide, empruntant le peu de clairière que celui-ci faisait au fil de ses coups de coutelas, scandés par de furieux *han* et de bruyants crachats.

L'avance était lente et difficile. On marchait, ployé sous les charges ou rampant pour éviter les trop nombreux obstacles. Souvent, le passeur reve-

1. Haut-plateau-de-la-lutte.

nait en arrière relever quelqu'un d'une chute ou dépêtrer un autre d'un fourré d'épines.

Plus ils s'enfonçaient, plus la brousse se faisait dense et hostile, perfide et épouvantable. De furtifs animaux leur passaient sous les pieds. Du sommet des arbres, des hordes de singes, de cynocéphales ou de chimpanzés les narguaient, comiques ou menaçants. De loin, leur parvenaient, amplifiés par l'écho, de vagues rugissements auxquels répondaient une multitude de cris affolés. Des oiseaux rapaces s'envolaient brusquement dans un frénétique battement d'ailes et déchiraient les nues avec leurs cris étranges. Immobile mais grouillante, prenante et effroyable, la brousse était partout, brutale et inhumaine…

Un instant, une voix affolée interrompit la marche : « Regardez ! là ! là ! là ! » fit-elle insistante. Tout le monde s'attroupa et vit un corps de femme mutilé, lacéré de partout, la face en bouillie sous un essaim de mouches. Tant bien que mal, les hommes enterrèrent la pauvre femme et se réunirent autour de la tombe pour une prière improvisée. Après la prière, le passeur expliqua qu'il était courant de voir des cadavres ou de rencontrer des hommes en détresse. Il avait vu, un jour, le cadavre d'un petit garçon dans une flaque d'eau croupie. Un autre jour, celui d'un vieillard recouvert d'un mince linge et, bien des fois, des provisions abandonnées, des vêtements ou de l'argent.

– C'est bien pour ça que je tenais à vous prévenir, continua-t-il. Cette brousse n'est pas faite pour un homme. Beaucoup de gens qui essaient de passer par là meurent de soif, de faim, de fatigue, de morsures de serpent ou de blessures de plantes vénéneuses. De plus, ce lieu est le plus grand repaire de fauves du pays. En faisant attention, vous pourrez voir des os qui ne sont pas toujours ceux d'une antilope. Il y a aussi des pillards, qui s'en prennent souvent aux malheureux passants pour les démunir du peu qu'ils possèdent. Il m'est arrivé de voir une femme toute nue, échevelée, qui avait erré plus de dix jours comme une bête sauvage, en mangeant des insectes et de quelconques tubercules ; la pauvre avait perdu l'esprit et nous prit, mes compagnons et moi, pour des sorciers lancés à sa poursuite.

– Où allons-nous, je vous le demande ? intervint N'dourou. Si des êtres humains pénètrent dans cet enfer, n'est-ce pas qu'ils veulent en quitter un autre ?

– Tu as bien dit, un enfer, et autrement plus brûlant, rétorqua Farba. Drôles de créatures que nous sommes. Nous fuyons des fauves pour nous jeter dans les griffes d'autres fauves.

– Ce que je ne comprends pas, passeur, héeee, c'est pourquoi tu nous conduis dans cette brousse, malgré tout ce que tu sais, avec un coutelas pour toute arme ? s'alarma Kougouri.

– Ici, mon frère, la seule arme valable, c'est la ruse, répondit le passeur. Tuer un lion peut en ameuter mille autres. Même les pillards n'ont que quelques couteaux : leur véritable arme est la connaissance de la brousse ; s'ils se permettent ce qu'ils font, c'est parce qu'ils ont la brousse en tête. Ici, les hommes sont à armes égales : seules, l'opiniâtreté et la connaissance de la brousse peuvent déplacer la balance. La brousse est une chose trop méchante pour qu'on y joue le bravache ; pour brider cet animal, il faut de la ruse, rien que de la ruse si vous voulez me croire.

Et la ruse compensait bien son pauvre coutelas ; sa ruse et la souplesse de jeune serpent avec laquelle il se coulait dans les futaies. Son instinct d'animal, captant la plus petite odeur, même le bruit d'une feuille qui tombe, pressentait le danger et l'amenait souvent à changer de direction.

Mais, félins, les serpents s'entortillaient aux jambes ; irrités, ils sifflaient dans l'herbe, dans le feuillage, au-dessus des têtes…

C'est au moment de traverser un terrain meuble que Kandia fut mordu au tendon. Insensible à l'affolement général qui s'ensuivit, le passeur coucha le jeune homme sur un lit de feuilles sèches, sortit de son *sassa*[1] un bouquet de fleurs jaunes qu'il fit humer à son patient ; puis, il se munit d'un couteau de poche et se mit à taillader la blessure et à en faire couler un filet de sang noirâtre et visqueux. Il enduisit ensuite la plaie d'une résine d'arbuste et la banda, avec un chiffon coupé sur la manche de son boubou…

C'est au moment d'attaquer le mont Diarba que l'enfant de Salè rendit l'âme ; c'est au moment de l'enterrement que le fou perdit connaissance. Tout le trajet fut un calvaire pour N'dourou ; le passeur l'avait durement menacé de son coutelas à cause de

1. Sac en peau de chèvre, servant de fourre-tout.

sa toux par trop indiscrète : « Il faut que tu te taises, sinon je te ferai taire, pourriture ! »

Dans la longue file indienne qu'ils formaient, s'enfonçant dans la broussaille au jugé, il n'y avait pas seulement des fuyards ; il y avait aussi une bonne dose de traficoteurs de toute espèce ; portant sur la tête des bicyclettes, chargés de gros sacs de piment ou de cire, ces commerçants d'un genre particulier livraient une rude bataille pour gagner l'autre côté, y revendre leur camelote et rapporter quelques articles susceptibles de coûter cher dans le pays. L'effort surhumain qu'ils déployaient choqua Kougouri :

– Peiner tout ce que vous peinez pour ça ?

Une armoire à glace à la petite tête lui répondit, sur un ton qui ressemblait à un crépitement de balles :

– Sans nous, qu'auriez-vous donc à manger, fils de vauriens ?

– Vous le faites surtout pour votre propre panse, répliqua Kougouri sans se laisser intimider.

L'armoire à glace se mordit la lèvre inférieure…

À Bôwoun-Tchippiro, ils firent halte chez une « antenne » du passeur, histoire de manger un peu et de dormir une petite nuit avant de passer la frontière.

Mais quelque chose d'inhabituel planait dans l'air à Bôwoun-Tchippiro. Pendant qu'ils mangeaient, leur hôte s'approcha du passeur avec un air grave et lui dit quelques mots à l'oreille. Après le repas, pendant qu'on se servait le cola, le passeur les mit au courant : « Nous sommes dans de beaux draps : ils sont venus hier pour arrêter Zaoro, l'instituteur du village ; il est accusé de faire partie du complot. Mais les villageois se sont opposés à l'arrestation ; c'est Sarsan Yéro qui les a poussés : ils ont désarmé les gardes, ils les ont enfermés. Zaoro, ils l'ont caché. Voilà où l'on en est. Une vraie folie ! »

Plus tard, un mastodonte, habillé d'une épaisse capote militaire râpée sur toute la surface, piqua du nez à la porte, haletant comme un chien harassé ; son corps était gris de terre et ses pieds nus et larges, gercés de nombreuses éraflures. Il ne prit pas la peine de saluer ; il se mit à parler comme s'il s'adressait à ses troupes : « Vous tombez comme une pluie qu'on attendait. On a déjà dû vous exposer le problème. Nous n'obligeons personne. Il vous appartient entièrement de jouer : vous restez avec nous, avec tous les risques qu'il y a, ou vous continuez votre chemin. Mais vite, nous voulons votre réponse d'ici demain matin. »

Le matin, de bonne heure, le mastodonte revint dans un tintamarre qui réveilla tout le monde.

– Que dites-vous ? beugla-t-il à l'adresse du passeur.

– Je ne suis le père de personne, ici. Ceux qui veulent rester, restent. Il y en aura peut-être, vu que le monde pullule de petits maudits. Moi, je continue mon chemin. J'ai autre chose à faire que de donner ma vie à la sottise de quelques-uns, hurla le passeur.

– C'est ça, passe ton chemin, espèce de filou. Mais garde ta langue, si tu ne veux pas que je te brise les hanches. Garde ta langue *dèye*, fils d'hyène !

Se débarrassant de sa capote, le mastodonte

avançait comme une tempête sur le passeur. Ce fut un remue-ménage fou. Une bagarre de dinosaures tombant comme une foudre sur ce petit monde exténué par son rude voyage, à peine réveillé de son court sommeil. Une bagarre de fauves enragés dans une case exiguë où l'on tenait déjà coude contre coude. On se bouscula à la porte. Les femmes s'égosillèrent de frayeur. On finit par se retrouver dehors sans savoir trop comment. Seuls les combattants restaient dans la case. On entendait leur respiration forte et entrecoupée, le bruit sourd de leurs coups, celui, crissant, des choses cassées.

Dans la petite cour ornée de graviers multicolores et de plants de citronnelle, la population de Bôwoun-Tchippiro s'était rassemblée, rejoignant ainsi le petit groupe d'aventuriers.

Personne ne sut comment les deux bagarreurs se retrouvèrent dehors, ils avaient dévasté au passage la basse coiffe de paille de la case. Bien que visiblement à bout de forces, ils s'assenaient toujours des coups, plus avec le même rythme, mais avec la même force et encore plus d'animosité et de haine.

Une personne frêle mais respectable, coiffée d'un bonnet phrygien brodé, arriva et s'arrêta à quelques pas des batailleurs, sans émotion visible. Elle les observa comme on observe un malade avant de se décider à sortir son sermon :

– Que la pudeur divine vous prenne ! Je vous dis une fois, arrêtez ! Je ne me répéterai pas. Sarsan Yéro, je vous parle ! Sarsan Yéro, j'enlève mon bonnet sur vous.

Sarsan Yéro (le mastodonte à la capote) se dégagea de l'enchevêtrement dans lequel l'avait fourré la bagarre, reprit son souffle et alla se prosterner devant le vieillard, suppliant comme un enfant fautif, puis il baissa la tête et gagna les profondeurs du village à pas navrés.

Le passeur s'était aussi levé et, devant les yeux curieux ou réprobateurs de l'assistance, se dépoussiérait en se tapant sur les fesses et en enlevant les lambeaux de peau de ses nombreuses égratignures.

Le digne vieillard réunit tout le monde dans une grande cour pour la réconciliation et, pour ce faire, il fut convenu d'appeler Zaoro de sa cachette et d'avoir recours à son bon sens.

Quand Zaoro apparut, Kandia tressauta comme piqué. Il se faufila à travers la foule assise et s'approcha de l'instituteur, installé à côté du vieux – avec son bonnet phrygien – que Zaoro, en arrivant, avait salué au nom de *Chaïkou* [1], ignorant la grande règle de silence et de retenue.

– Dis-moi, tu es bien passé à Konda ? demanda-t-il à l'instituteur à brûle-pourpoint.

– À Konda ? fit Zaoro, franchement gêné de troubler l'assemblée.

– Je te reconnais. Oui, il n'y a pas de doute (l'accent de Kandia devint plus sincère, plus enflammé).

– Nous en reparlerons tout à l'heure, veux-tu ? (Zaoro ne lui dit plus mot et se replongea dans la palabre.)

1. Équivalent de cheikh, titre musulman.

Kandia rejoignit Râhi sans avoir perdu son échauffement.

– Je l'ai tout de suite reconnu. Il a été notre *Mawoudo*[1] au lycée de Konda. C'est lui qui s'occupait de notre dortoir. Tout le lycée le connaissait. Il était notre chef de scoutisme. Un vrai phénomène ! C'est lui qui nous avait organisés, c'est lui qui nous avait exhortés, c'est lui qui avait pris le front de la marche lors de la grande grève. En pleine échauffourée, il s'était pris au corps à corps avec un gradé qu'il avait assommé d'un seul coup de tête. Alors, nous l'avons surnommé *N'gâri*[2]. Après la grève, il a été emprisonné, puis contraint à l'enseignement. C'est bien lui !

Puisque c'est lui qui avait attaqué le premier, l'assemblée reconnut Sarsan Yéro coupable ; il lui fut demandé de se coucher sous les pieds du passeur, de mettre ses mains sur le dos pour demander pardon et de donner à l'assistance, en guise d'amende, un sachet de soixante-dix-sept colas.

Kandia et Zaoro n'attendirent pas la répartition du cola. Ils se retrouvèrent sous la feuillée des manguiers de l'école comme deux petits collégiens.

– Comme ça, tu es passé par Konda ? commença Zaoro.

– Oui, oui, répondit Kandia, légèrement intimidé par la carrure et la personnalité de Zaoro, qui ressemblait décidément bien à un taureau.

Son corps était épais et plissé par de nombreux

1. Patriarche.
2. Taureau.

replis serrés, la tête vaste et carrée avec un front dégagé et volontaire.

– Konda ! (Zaoro émit un sifflement rageur entre les dents.) Les chiens !

– Il s'est passé des choses ici, à ce qu'il paraît ? Tu n'as pas laissé tomber, je vois, dit Kandia.

– Hum ! passé des choses… passé des choses… Disons que nous nous sommes retrouvés dans des choses comme ça. On a dit à la radio que j'étais un comploteur engraissé par toutes sortes de services d'espionnage. Aïe maman, si au moins c'était vrai, j'aurais pu payer la moitié de mes dettes.

– Ils sont plus experts dans la tuerie que dans le mensonge.

– On ne peut exceller partout, même dans les vices, surtout dans le mensonge qui veut un peu d'imagination.

– Sinon, ici à Bôwoun-Tchippiro ?

– À vrai dire, j'ai été un peu surpris par la réaction des villageois. J'attendais d'eux de la détresse et des larmoiements. En réalité, ils ont une bravoure de petits lions. Ce Sarsan Yéro est terrible ! On dit en général que les anciens combattants de la coloniale sont très diminués mentalement ; celui-là ne manque pas de sens. Il a tout de suite prévu qu'on enverrait me quérir. Nous avons mis un dispositif de défense. Trois corniauds sont venus, armés de mitraillettes, nous les avons cueillis dans la futaie. Ils sont sous les verrous à l'autre bout du village, dans une case qu'habitait un paralytique avant sa mort.

– Et maintenant ?

– Maintenant ? C'est maintenant que tout commence. Nous nous attendons à tout. Nous avons mis des hommes tout autour du village dans un rayon de dix kilomètres. On ne nous surprendra pas. Nous savions fort bien que vous arriviez.

– Je ne connais pas vos hommes, mais il leur faut des armes. Eux sont armés jusqu'aux dents. Ils pourraient détruire le village avant que l'enfant ait pu appeler sa mère.

– Tu as raison. Sache pourtant que notre plan est plus vaste. Dès la tombée de la nuit, nous faisons passer la frontière aux enfants et aux invalides. Les hommes et les femmes valides restent. Peut-être que, pour cinq des nôtres, il y en aura un des leurs. Et si nous jugeons tout perdu, nous brûlons les cases, nous bouchons les puits, nous dévastons les récoltes et nous passons la frontière avec le bétail.

Ils restèrent un moment silencieux.

– Je te rappelle que c'est parce que vous nous deviez une réponse qu'il y a eu tout ce tohu-bohu.

Kandia sourit, prit fortement la main de Zaoro et dit :

– Moi, je reste, je reste avec les miens.

– Les tiens ?

– J'ai mon petit monde. Allons, que je te les présente.

Chapitre 13

Ce que tout le monde finit par appeler la lutte, fut organisée avec maints jasements, maintes hésitations, maintes drôleries.

Il y eut l'assentiment de la quasi-totalité. Le passeur resta pour offrir sa parfaite connaissance de la brousse et son flair de chien de piste.

Mais quelques-uns des traficoteurs, parmi lesquels l'armoire à glace, préférèrent passer la frontière sans tambour ni trompette.

Chaïkou ne voulait pas laisser les villageois s'armer : il s'y opposa même avec violence. Voyant que ses protestations ne pouvaient être que vaines, il maudit les lieux et les hommes, cracha dans l'air, mordit son chapelet et passa aussi la frontière.

On sortit des flèches, des fusils rustiques et ridicules, des couteaux grossiers et rébarbatifs. Quelques-uns prirent des frondes et des pilons.

Singulières scènes où Râhi, à côté de N'gâ Bountou, Kandia à côté de Farba, le fou à côté de Salè, N'dourou, Kougouri, le passeur, Sarsan Yéro, Zaoro, les autres et d'autres encore, tous, comme des enfants enchantés, se piquaient au jeu de la guerre, roulant sur une pente comme boule de chiffon, tenant fusil comme manioc, se blessant sans y prendre garde, pleurant sans honte sous la douleur de l'exercice…

Une forte pluie tombait. Un ciel maussade et bas où les nappes de nuages s'étaient rejointes en une même étendue grise.

Dans le ciel, parmi les nuages, presque un nuage, un oiseau apparut ; en fait, une grosse tache mobile.

Bientôt, un bruit de moteur perça les nues et domina le bruit de la pluie martelant le feuillage. L'hélicoptère se posa comme un gros insecte sur la petite plaine, non loin des premières cases, en faisant gicler de l'eau et de la boue. Cinq hommes en descendirent. L'un d'eux marchait devant, à grands pas, plein d'assurance, sans arme ; les autres le suivaient à distance, tenant dans leurs mains des mitraillettes. Ils approchèrent. Juchés sur le grand fromager qui ornait comme un monument l'entrée du village, Kougouri, Kandia, Sarsan Yéro et Râhi avaient tout vu. Sarsan Yéro ordonna à Râhi de descendre. « Montre-toi, qu'on voie ce qu'ils ont derrière la tête. Prends ça (il lui lança un pistolet). Mets-le sous ton pagne, mais ne t'en sers qu'en cas de stricte nécessité. »

Râhi descendit du fromager et se planta au milieu du chemin.

À quelques pas de la jeune femme, les hommes s'arrêtèrent net… Celui qui menait la marche… avec ses petites lunettes… et sa moustache foisonnante… Râhi reconnut Daouda et, derrière lui, Gnawoulata et sa calvitie…

Daouda ravala vite sa surprise, reprit son air impassible et dit : « Garce », comme d'autres auraient dit « Madame ». Il fit mine d'arracher une arme à un de ses hommes mais, du haut du fromager, la voix de Sarsan Yéro fusa tandis que les canons des fusils se montraient entre les branches : « Armes à terre et haut les mains ! »

Râhi piqua une crise de sanglots ; sa main fouilla mécaniquement sous son pagne, elle visa Daouda en pleine poitrine et tira.

Au début, on prenait les choses un peu à la légère ; c'était un semblant de défoulement un peu osé. Mais maintenant, on venait de passer un gros cap, on était initié, en plein là-dedans. Fallait plus se faire d'illusions : la riposte serait sauvage. Cette fois, ils n'avaient pas d'autre choix que de tenir ; tenir le plus longtemps possible. Passer la frontière ne signifiait plus rien. Aucun pays ne protégerait leur forfait. Ils seraient ramenés illico ; peut-être même largués de l'avion qui les ramènerait. N'avait-on pas déjà agi de la sorte pour mille fois moins que ce qu'ils venaient de faire ?

Tenir, il ne restait plus que ça…

Sarsan Yéro tournait comme une toupie entre les différents postes, haranguant, exhortant, expliquant :

– Tenir, il ne reste plus que ça. Or, à la guerre, pour tenir, deux médicaments, deux seuls : organisation et courage.

Sur quoi, Farba, somnolant sur le manche d'un couteau de boucher, lui rétorquait, avec un humour qu'il croyait encore indispensable :

– Pour moi, le courage n'est pas un problème. Je m'appelle ainsi.

Sur la plaine, l'hélicoptère gisait, inutile : Daouda mort, Gnawoulata et ses compagnons restants avaient rejoint les premiers prisonniers dans la case du paralytique.

Au-delà de la plaine, une zone de bois et de marécage, juste avant un misérable marigot.

Kandia, Râhi et le fou étaient enfoncés dans le marécage jusqu'aux genoux. C'était la tombée de la nuit, et les moustiques avaient commencé leur récital de bourdonnement. Kandia sortit une cigarette et l'alluma :

– Ça chasse les moustiques, dit-il. Et puis, qu'est-ce que c'est bon par ce temps de pluie ! Mais il faut que j'économise, je n'en ai plus assez. Et je ne m'imaginerais pas une seconde sans cigarette. Je perdrais la tête.

– Comme Diouldé, quoi, dit Râhi.

Elle bâilla et leva les yeux vers la voûte de feuillage qui les surplombait :

– Kandia…

– Oui…

– Crois-tu qu'après ce qui s'est passé, j'aie encore une chance de revoir Diouldé ? N'est-il pas maintenant un otage parfait ?

Kandia tira longuement sur sa cigarette et ferma les yeux :

– Râhi, il faut que je te dise… Tu te souviens… une semaine après l'arrestation de Diouldé, ce pendu de Zalikolè… celui qui n'avait plus de visage…

Chapitre 14

La nuit était passée. De la pluie, il ne restait plus que quelques gouttes çà et là, sur les herbes et sur les arbres.

À travers les interstices du rideau de feuilles et de branches, quelques rayons d'un soleil matinal et blafard. Le sol était encore humide. Mais les rayons de soleil s'enhardissaient ; ils avaient fini par traverser les branches et les feuilles. Ils arrivaient dans la forêt et apportaient un peu de lumière et de chaleur.

Un rayon de soleil prit Râhi, au cœur comme à la tête. Elle se mit à siffloter et à luire du visage.

– Que t'arrive-t-il ? demanda Kandia.

– C'est la faute à…

– À qui ?

– Au soleil.

Puis elle s'adressa au fou qui s'appuyait la tête contre un arbre, sans dormir, le nez largement ouvert au vent :

« N'est-ce pas que c'est à cause du soleil ? »

Le fou ne répondit pas.

« C'est pourtant à toi que je parle. N'est-ce pas à cause du soleil ? »

Le fou ne répondit toujours pas. Il restait le même, distant et impénétrable, comme s'étant décidément juré de garder sa calebasse à paroles. Un fabuleux trésor.

Juillet 1975-mai 1977.

RÉALISATION : IGS-CHARENTE-PHOTOGRAVURE À L'ISLE-D'ESPAGNAC

CPI Bussière

Cet ouvrage a été imprimé en France par
CPI Bussière
à Saint-Amand-Montrond (Cher)
en janvier 2010.
N° d'édition : 101271. - N° d'impression : 91938.
Dépôt légal : février 2010.